Julia Nowak

Schatten und Licht

Ein Leben zwischen Liebe und Krieg

Ihre Zufriedenheit ist unser Ziel!

Liebe Leser, liebe Leserinnen,

zunächst möchten wir uns herzlich bei Ihnen dafür bedanken, dass Sie dieses Buch erworben haben. Wir sind ein kleines Familienunternehmen aus Duisburg und freuen uns riesig über jeden einzelnen Verkauf!.

Vor allem aber möchten wir, dass jedes unserer Bücher Ihnen ein einzigartiges und erfreuliches Leseerlebnis bietet. Daher liegt uns Ihre Meinung ganz besonders am Herzen!

Wir freuen uns über Ihr Feedback zu unserem Buch. Haben Sie Anmerkungen? Kritik? Bitte lassen Sie es uns wissen. Ihre Rückmeldung ist wertvoll für uns, damit wir in Zukunft noch bessere Bücher für Sie machen können.

Schreiben Sie uns: info@ek2-publishing.com

Nun wünschen wir Ihnen ein angenehmes Leseerlebnis!

Moni & Jill von EK-2 Publishing

05. Juni 1950

Hans schaute auf die Uhr. Diese zu lesen, hatte er gerade erst gelernt, und er war sehr stolz darauf. Die Zeiger standen gerade auf kurz nach 14 Uhr und Hans schnappte sich den kleinen abgenutzten Holztritt aus der Küche. Mit diesem ging er in den Hof, stellte den Tritt vor den Briefkasten und stieg darauf. Anders war es ihm noch nicht möglich, die Post zu holen, die der Briefträger jeden Tag um 14 Uhr bei ihnen einwarf. Ob wohl heute der langersehnte Brief dabei war? Hans streckte sich auf die Zehenspitzen und förderte zwei Briefe und eine Postkarte zu Tage. Die Postkarte war von Onkel Erich, die interessierte ihn nicht, aber die Briefe betrachtete er genauer. Einer der Briefe kam von der Stadt, der für seine Mutter bestimmt war. Auf dem zweiten Brief konnte Hans mit Anstrengung die Worte Deutsches Rotes Kreuz entziffern und war sofort aufgeregt. War das etwa der Brief, den ihm seine Mutter so lange versprochen hatte? Endlich eine Nachricht, was mit seinem Vater geschehen war.

Er eilte ins Haus zurück, die Briefe presste er fest an seine Brust, wie einen Schatz.

„Mama, Oma! Da ist ein Brief!", rief Hans und stolperte aufgeregt in die Stube.

Dort saß nur seine Mutter in ihrem Lieblingssessel und war in Näharbeiten vertieft, von denen sie jetzt aufsah.

„Leise, Hans! Oma hat wieder schlimme Kopfschmerzen und schläft nebenan. Hast du die Post geholt?"

Hans nickte und überreichte seiner Mutter die Briefe und die Postkarte. Sie widmete sich erst der Postkarte ihres Bruders, dann den Briefen. Den aus Ludwigshafen legte sie schnell beiseite, dann hielt sie den Brief vom Deutschen Roten Kreuz in der

Hand. Andächtig fuhren ihre Finger über den Stempeldruck der Organisation.

„Ist das der Brief, in dem steht, wann Papa wiederkommt? Den du mir versprochen hast?", fragte Hans leise und rückte näher an seine Mutter heran.

Ihre Hände zitterten leicht und ihre Stimme klang belegt, als sie sprach: „Ja ... ja, das ist der Brief, mein kleiner Hans ... Hoffen wir das Beste." Sie zerriss den Umschlag dank ihrer zittrigen Finger mehr als nötig, aber Marie wollte endlich Gewissheit. Was war mit ihrem Mann geschehen? Würden sie sich wiedersehen? Was war mit dem ersten Brief kurz nach dem Krieg, stimmten die Informationen noch oder hatte das Rote Kreuz mehr herausgefunden? Die Gedanken an den Besuch von Julius blitzten vor ihrem inneren Auge auf. Seit dem Besuch hatte sie die Kiste mit den Habseligkeiten ihres Mannes immer dicht bei sich unter ihrem Bett aufbewahrt. Dorthin würde sie später auch den Brief legen, eine letzte Erinnerung an seine Abwesenheit. Maries Herz pochte wild gegen ihren Brustkorb, als sie das Papier mit noch immer zittrigen Fingern auseinanderfaltete. Ihre Augen suchten automatisch die Worte, die sie so sehr gefürchtet hatte.

Hans Schneider ... Gefangenenlager Helenenstadt ... Tod am 14.03.1948 ... wir bedauern Ihren Verlust sehr ...

Marie las die Zeilen mehrmals, aber die Information drang noch nicht richtig zu ihr durch. Tränen bahnten sich ihren Weg über ihre Wangen und sie hielt einen Schluchzer zurück. Insgeheim hatte sie damit gerechnet, Hans nicht mehr wieder zu sehen. Schon der erste Brief hatte das angedeutet. Das machte den Verlust leichter. Wie in jedem Brief des Roten Kreuzes stand auch hier, dass die Informationen nicht gesichert waren und man in Hoffnung bleiben könne, denn es seien schon totgemeldete Soldaten wieder zurückgekehrt. Doch Marie hielt das für eine Floskel. Sie wollte sich nicht mehr an diese winzig kleine Hoffnung klammern, das Leben ging weiter und sie musste stark bleiben, für ihren anderen Hans. Mit einem traurigen Lächeln betrachtete sie ihren Sohn, der sie neugierig anstarrte. Vielleicht war das nur Einbildung, aber Marie glaubte, auch in seinem Gesicht so etwas wie Verständnis lesen zu können.

„Mama?", fragte er mit erstickter Stimme. „Was ist mit Papa?"

Marie zog Hans auf ihren Schoß und drückte ihn an sich.

„Ach, Hans", seufzte sie. Wie sollte sie ihm das nur kindgerecht erklären? Konnte man den Tod überhaupt kindgerecht erklären? „Weißt du, du hast recht. Das ist der Brief, auf den wir schon so lange gewartet haben. Jetzt wissen wir, was mit Papa passiert ist."

„Er kommt nicht mehr, oder?", fragte Hans mit belegter Stimme. Tränen rollten über seine Wangen.

Marie schüttelte den Kopf und wiegte Hans in ihren Armen.

„Nein, Papa kommt nicht mehr nach Hause. Jetzt haben wir die Gewissheit." Sie umarmte Hans fest und legte ihre Wange an seinen Kopf. „Aber Oma und ich, wir sind immer für dich da, hörst du? Wir bleiben bei dir. Das darfst du nicht vergessen. Wir schaffen alles zusammen."

Hans schniefte, mehr und mehr Tränen bahnten sich ihren Weg. Er hatte seinen Vater nicht gekannt, aber er war trotzdem traurig. Wie alle seine Schulkameraden hatte er sich gewünscht, der Vater würde irgendwann wieder zu ihnen kommen, wenn der Krieg vorbei war. Der Vater seines besten Freundes war schon letztes Jahr zurückgekommen. Hans' Vater nicht. Er besaß nur dieses eine Foto, das seine Mutter ihm niemals in die Hand gab. Wo er als Baby auf der Brust seines Vaters lag. Sie beide sahen so glücklich dabei aus. Das war nicht fair!

Er kugelte sich auf dem Schoß seiner Mutter zusammen und lauschte ihrem Herzschlag, einer tröstlichen Melodie. Die Umarmung und das rhythmische Wiegen in ihren Armen beruhigte Hans.

„Mama?", fragte er leise und hob den Kopf.

„Was ist, mein Kleiner?" Marie streichelte ihrem Sohn durch die Haare und lächelte ihn an. Er war ihr ganzer Stolz.

„Kannst du mir von Papa erzählen? Alles, was du über ihn weißt, vom Anfang bis zum Ende. Das hast du noch nie gemacht."

Marie lachte und lockerte ihre Umarmung.

„Ja, das stimmt. Wenn du möchtest, mache ich das. Heute haben wir ja Zeit."

Hans kletterte von ihrem Schoß und lachte bereits wieder. Er liebte die Geschichten über seinen Vater. Marie legte ihm eine Hand auf die Schulter, damit er sich ihr zuwandte.

„Pass auf, du holst dir jetzt ein Glas von deiner Lieblingsmilch und dann kommst du zu mir in den Garten. Wir machen es uns auf unserer Bank gemütlich, das Wetter ist so schön. Dort erzähle ich dir dann alles, was ich von Papa weiß. Ganz fest versprochen."

Hans nickte und eilte in die Küche, Marie schlenderte in den Garten. Dabei schweiften ihre Gedanken zu ihrem Ehemann Hans. Witwe war sie nun, jetzt hatte sie es schwarz auf weiß. Endgültig. Eine Träne stahl sich aus ihrem Auge, die sie trotzig wegwischte. Sie wollte nicht weinen, nicht vor ihrem Sohn. Marie setzte sich auf die Bank und glättete ihren Rock. Immer noch waren ihre Gedanken bei

Hans – bei ihrem Mann. Ein Lächeln zuckte über ihre Lippen, als sie daran dachte, wie schrecklich sie ihn zuerst gefunden hatte, als Erich mit ihm vorbeigekommen war. So alt war er gewesen und so imposant. Zu imposant, dachte sie damals. Und doch, sie hatte sich nicht wehren können gegen ihre Gefühle.

Ihrem gemeinsamen Sohn jetzt die Geschichte zu erzählen, ehrte sein Andenken und so würde Marie abschließen können. Abschließen mit dem schönsten Kapitel in ihrem bisherigen Leben.

12. Juli 1920

Wehleidig blickte Hans aus dem Fenster. Das Wetter war viel zu schön, um in der Stube zu sitzen und Papiere zu ordnen. Und doch hatte ihn sein Vater dazu verdonnert.

„Du bist der Einzige in der Familie, der das versteht, also kümmere dich", hatte er gesagt und die Tür des Hauses hinter sich geschlossen.

Seitdem saß Hans alleine zwischen all den Papieren und trauerte dem Spaziergang nach, den er bei dem schönen Wetter hatte machen wollen. Er konnte hören, wie seine Mutter und seine älteste Schwester im Erdgeschoß das Essen zubereiteten. Seine anderen Geschwister waren scheinbar alle außer Haus, und auch sein Vater war in die Stadt gefahren, um Besorgungen zu machen.

Zwischen all den Papieren entdeckte Hans beim Durchblättern einen Handzettel. Er nahm ihn in die Hand und las die Überschrift: Männer, helft dem Reich! Den Zettel hatte Julius mitgebracht, als er gestern von der Schule heimgekommen war. Jemand hatte ihm den Zettel zugesteckt, hatte er gesagt. Nachdenklich faltete Hans das Papier und legte es zur Seite.

Seit dem großen Krieg vor zwei Jahren las er ständig solche Aufforderungen. Hans hatte im großen Krieg nicht gekämpft, er war zu jung gewesen, bei Kriegsende gerade so 17 Jahre alt. Auch jetzt verspürte er nicht den Drang, zur Waffe zu greifen. Kopfschüttelnd beendete er den Gedanken und widmete sich dem Stapel an Briefen, den sein Vater ihm aufgetragen hatte. Die Zeit verging und er bemerkte nicht, dass er Besuch hatte, bis es an den Türrahmen klopfte. Hans zuckte zusammen und sah auf. Im

Türrahmen stand sein Vater, bereits wieder im einfachen Hemd für zu Hause.

„Geht es gut voran?", fragte er und nickte zu den Papieren.

„Ja, ich komme gut voran. Vielleicht schaffe ich es heute noch, alle Briefe zu bearbeiten. Dann können wir morgen zur Post", berichtete Hans. „Es sind nur noch ein paar Briefe übrig."

Sein Vater betrat die Stube und nickte zufrieden.

„Das ist eine gute Idee, wir gehen morgen zur Post. Vielleicht findest du dort auch eine Anstellung. Ich habe dir gestern schon gesagt, langsam wird es für dich auch Zeit, Geld zu verdienen. Der große Krieg ist vorbei und wir brauchen jede Mark hier."

Hans presste die Lippen aufeinander und nickte gehorsam. Sein Vater hatte es ihm nicht nur gestern gesagt, sondern auch unzählige Tage davor. Insgeheim wusste Hans, dass er recht hatte. Er musste arbeiten gehen. Zwar waren seine Schwestern langsam alt genug, um zu heiraten und die Haushaltskasse nicht mehr zu belasten, aber auch er konnte sich nicht ewig damit herausreden, den Papierkram der Familie zu machen. Zudem hatte Margarete bereits einen Freund und würde, obwohl sie jünger war, vermutlich vor ihm das Haus verlassen.

In diesen Zeiten erwachsen zu werden, war aber auch schwer, dachte Hans frustriert.

Sein Vater hatte den Zettel entdeckt, den Julius mitgebracht hatte, und überflog ihn rasch. Er legte ihm den Zettel vor die Nase.

„Sie suchen ständig nach neuen Rekruten. Warum gehst du nicht dorthin? Dienst an der Waffe hat noch keinem jungen Burschen geschadet, auch mir nicht. Außerdem verdient man dort gut, habe ich gehört."

Hans schüttelte den Kopf. Sein Vater wusste doch, dass er die Waffe hasste! Dann musste sein Wunsch, ihn aus dem Haus zu kriegen, dringend sein.

„Ich will nicht schießen wollen, Vater, das habe ich dir schon einmal gesagt. Mit Krieg und Gewalt will ich nichts zu tun haben." Er schob den Zettel zur Seite und arbeitete stoisch weiter an der Post.

Sein Vater seufzte schwer und verschränkte die Arme vor der Brust.

„Wenn du meinst, dass das nichts für dich ist, dann bitte, aber ich erwarte von dir, dass du bald eine Ausbildung beginnst und Geld nach Hause bringst. Vielleicht suchen sie ja auch Schreibkräfte in der Armee, hast du darüber schon einmal nachgedacht? Wenn du nicht an die Waffe willst, ist das vielleicht eine Möglichkeit, trotzdem gut zu verdienen."

Wieder schüttelte Hans den Kopf.

„Nein, darüber habe ich ehrlich gesagt noch nicht nachgedacht. Geht das denn?"

Sein Vater fasste ihn an der Schulter und blickte Hans eindringlich in die Augen.

„Na dann solltest du vielleicht mal mit Lehrer Braun sprechen. Wie ich gehört habe, weiß er umfänglich Bescheid über die ganzen Sachen, die das Heimatheer betreffen und die Rekrutierungen. Junge, wenn du zur Armee könntest, dann ist unser Auskommen gesichert, sobald deine Schwestern aus dem Haus sind. Noch ein oder zwei Jahre, dann können wir hoffentlich wieder ein ganz akzeptables Leben führen. Nur mein Einkommen reicht eben nicht mehr."

Weil Hans wusste, dass jede Diskussion zwecklos war, nickte er und schwieg. Er war hin- und hergerissen zwischen dem Wunsch, für die Familie Geld zu verdienen und nicht an die Waffe zu wollen. Wenn es aber wirklich die Möglichkeit gab, als Schreibkraft der Armee zu dienen und nicht an die

Waffe zu müssen ... Sein Vater hatte recht, er würde beim Militär viel verdienen, das war allgemein bekannt. Wenn die Gerüchte wahr waren, gab es bei der Armee sogar Verpflegung und Hans würde einen beträchtlichen Teil seines Lohns der Familie schicken können. Er fuhr sich mit den flachen Händen durch das Gesicht und seufzte. Eine Entscheidung musste her und vielleicht würde Lehrer Braun ihm helfen können.

Hans hatte Glück und traf seinen ehemaligen Lehrer im Garten vor seinem Haus. Er richtete sich auf und musterte den Kerl, der zielsicher auf sein Haus zuhielt.

„Grüß dich, Hans!", rief er, schon bevor Hans bei ihm angelangt war.

„Hallo, Lehrer Braun", grüßte Hans zurück und hob eine Hand.

Lehrer Braun unterbrach seine Gartenarbeit, legte die Harke zur Seite und wischte sich den Schweiß von der Stirn.

„Wie geht es dir, mein Junge? Hast du Arbeit gefunden, seitdem du aus der Schule bist?"

Hans verneinte und lehnte sich gegen den klapprigen Holzzaun, richtete sich aber gleich wieder auf, als das Holz wankte. Keine gute Idee, er wollte nicht noch einen Holzzaun reparieren müssen.

„Tut mir leid", beeilte er sich zu sagen und richtete das Holz wieder. Weil sein Lehrer nichts erwiderte, erzählte er einfach weiter. „Die letzten zwei Jahre habe ich meinem Vater hauptsächlich bei Papierkram geholfen, aber jetzt suche ich nach Arbeit. Langsam findet man ja auch wieder mehr Stellen, seit der Krieg aus ist."

„Das ist wahr", stimmte Lehrer Braun zu und nickte, „aber ich nehme an, du bist nicht nur zum Plaudern gekommen, habe ich recht? Das machen die wenigste Schüler, um nicht zu sagen gar keine."

Beschämt senkte Hans den Blick und nickte, was seinem Lehrer ein Lachen entlockte.

„Aber Hans, dafür musst du dich doch nicht schämen. Was glaubst du, wie viele ehemalige Schüler mich noch besuchen kommen? Keiner. Also hab' dich jetzt nicht so und sag, was du auf dem Herzen hast. Kann ich dir irgendwie helfen?"

Hans atmete tief durch und nickte.

„Mein Vater sagt, Sie wüssten Bescheid über die bei der Reichswehr, stimmt das?"

Lehrer Braun verlagerte das Gewicht auf einen Fuß und stemmte die Hände in die Hüfte. Er musterte Hans ausgiebig von oben bis unten, bevor er antwortete. Hans war das unangenehm und er biss sich auf das Innere seiner Wange, um nichts gegen seinen Lehrer zu sagen. Er wollte ihn nicht verärgern. Lehrer Braun nickte schließlich.

„Da hat dein Vater recht, mein Junge. Aber hast du nicht immer gesagt, dass du niemals eine Waffe in die Hand nehmen wollen würdest? Oder hat sich das inzwischen geändert?"

„Nein, nein", Hans schüttelte heftig den Kopf, „das will ich immer noch nicht, aber genau darum geht es. Wissen Sie, ob man auch in die Reichswehr eintreten und Bürodienst machen kann? Als Schreibkraft beispielsweise. So etwas in der Art hat mein Vater wohl gehört ..."

Nachdenklich runzelte Lehrer Braun die Stirn.

„Ach, so ist das bei dir. Na, dann lass mich mal überlegen ..." Er verlagerte das Gewicht abermals und kratzte sich am Kinn. „Weißt du, wenn ich mir es recht überlege, dein Vater könnte recht haben. Schließlich brauchen sie in den Quartieren Schreibkräfte und du könntest es wenigstens mal versuchen. Warte kurz hier, ich notiere dir eine Adresse, dort kannst du klingeln." Lehrer Braun hinkte ins Haus und kam nach kurzer Zeit mit einem Zettel in der Hand zurück, den er Hans reichte. „Der Mann arbeitet bei der Reichswehr, ich weiß leider nicht genau, als was, das kann er dir sicher besser beantworten, aber vielleicht kann er dir weiterhelfen", erklärte er und deutete auf den Zettel.

Hans warf einen flüchtigen Blick darauf, die Adresse von Alois Meier lag am anderen Ende des Dorfes. Obwohl sie hier nicht viele Einwohner hatten, konnte sich Hans Alois nicht vorstellen. Vielleicht war er nach dem großen Krieg hergezogen? Damals waren viele auf's Land gekommen, um sich besser versorgen zu können und nicht Hunger zu leiden.

„Vielen Dank, Lehrer Braun", sagte Hans aufrichtig und neigte den Kopf.

„Aber nicht doch, Junge. Ich wünsche dir viel Erfolg bei deinem Vorhaben! Mach' es gut." Der alte Mann senkte lächelnd den Kopf und scheuchte Hans davon.

Hans winkte, bis er um die Ecke gebogen war, den Zettel mit der Adresse fest in der Hand. Er wollte erst mit seinem Vater Rücksprache halten, bevor er Alois um Hilfe bat, deshalb steuerte er zielstrebig auf sein Zuhause zu.

Als er das Haus betrat, fand er seinen Vater Zeitung lesend in der Stube sitzen. Er klappte die Zeitung zusammen, als er Hans wahrnahm, und blickte ihn abwartend an.

„Ich war bei Lehrer Braun", berichtete Hans, woraufhin sich auf das Gesicht seines Vaters ein zufriedener Ausdruck legte.

„Und, hat es dir weitergeholfen? Setz' dich und erzähle mir alles." Er wies auf den Sessel neben sich und Hans gehorchte.

„Ja – obwohl, eigentlich noch nicht. Er hat nur gesagt, dass er glaubt, du hättest recht. Und er hat mir eine Adresse gegeben, die am anderen Ende des Dorfes liegt. Der Mann arbeitet beim Heimatheer und ich soll mich dort vorstellen." Hans reichte seinem Vater den Zettel, der ihn mit schiefgelegtem Kopf las und Hans dann wieder zurückgab.

„Ich kenne Alois, hatte aber noch nie etwas mit ihm zu tun, aber das ist doch besser als nichts. Wenn Lehrer Braun recht hat, solltest du hingehen, am besten noch heute, heute haben alle frei."

„Ich weiß", seufzte Hans und warf einen Blick auf die große Standuhr. „Sind Mutter und Margarethe schon weit mit dem Mittagessen? Dann bleibe ich hier."

„Das musst du schon die Frauen fragen, mein Junge."

Hans ging in die Küche, wo seine Mutter und seine zwei jüngeren Schwestern Margarete und Gertrud arbeiteten.

„Was machst du denn in der Küche, Hans? Du störst", schimpfte Margarete und stupste ihn mit mehligen Fingern in die Brust.

Hans hob abwehrend die Hände und ging einen Schritt zurück.

„Ich wollte nur sehen, wie weit ihr mit dem Essen seid. Kann ich denn noch einen Besuch im Dorf machen, oder tischt ihr bald auf?"

„Eine solche Frage stellt auch nur ein Mann", frotzelte Margarete und wies auf die mit Teiglingen bedeckte Tischoberfläche. „Das wird noch eine ganze Weile dauern. Wenn Mutter nichts dagegen hat, kannst du meinetwegen also gerne noch ins Dorf, da störst du uns wenigstens nicht."

„Sei nicht so garstig zu deinem Bruder", mischte sich ihre Mutter aus dem Hintergrund ein. Sie rührte gerade an einem dampfenden Topf und hatte ihre Haare mit einem Kopftuch gebändigt. „Hans, wenn du willst, geh ruhig noch mal ins Dorf. Das dauert noch eine Weile, aber sei wieder da, bevor die Kirchturmuhr vier schlägt, ja?"

Hans warf einen Blick auf die Uhr in der Stube hinter sich. Das räumte ihm knapp zwei Stunden Zeit ein, mehr als genug, wie er fand.

„Das werde ich, danke, Mama."

Er machte sich sofort auf den Weg. Das Dorf hatte nur wenige Straßen, aber diese waren verwinkelt und Alois Maier wohnte sogar noch einige Meter abseits der übrigen Häuser, in einem kleinen Haus ohne Garten. Hier war Hans vorher noch nie gewesen, die Jungen im Dorf trauten sich nicht abseits der Straßen.

Er klingelte und wartete, aber niemand machte auf. Deshalb klopfte Hans gegen die Holztür, bis sie schließlich geöffnet wurde.

„Jaja, was ist denn so eilig", brummte Alois Maier, eine Zigarette im Mundwinkel. Er trug nur ein Unterhemd und war unrasiert, aber sein akkurater Haarschnitt verriet, dass er auch gepflegt erscheinen konnte. „Was willst du halbe Portion denn?", fragte er weiter und musterte Hans von oben bis unten.

Hans schluckte den Kloß in seinem Hals hinunter und räusperte sich. Alois Müller war breitschultrig und grob, er flößte Hans mehr Respekt ein, als er vielleicht sollte.

„Entschuldigen Sie die Störung, ich will Sie auch gar nicht lange aufhalten. Ich hätte nur ein paar kleine Fragen ..."

Alois grunzte, nahm die aufgerauchte Zigarette und zertrat sie auf dem Boden.

„Die stellst du gefälligst nicht am heiligen Sonntag, Bursche! Ich habe bei Gott genug Stress, da brauche ich am Wochenende Ruhe." Er wandte sich schon wieder ab, als Hans doch noch den Mut fand.

„Stimmt es denn, dass Sie in der Reichswehr dienen?"

Alois drehte sich wieder um und musterte Hans mit einer hochgezogenen Augenbraue.

„Und ausgerechnet das interessiert dich, ja? Was wäre denn, wenn ich jetzt mit ‚ja' antworten würde, mh?"

„Naja ... es ist so, ich bin auf der Suche nach Arbeit, und für das Heer werden doch immer junge Männer gesucht. Da dachte ich, vielleicht könnten Sie mir helfen", stotterte Hans, den Blick auf den Boden geheftet.

Wenn Alois ihn musterte, fühlte er sich klein und unwichtig, so stechend war sein Blick. Er schien Alois' Interesse geweckt zu haben, denn er kam auf Hans zu und legte im väterlich einen Arm um die Schultern. Bei der Berührung zuckte Hans zusammen und hob ängstlich den Kopf.

„Mein Junge, gerade bist du in meiner Achtung beträchtlich gestiegen. Hast du denn einen Augenblick Zeit? Dann komm doch auf einen Schnaps mit mir ins Haus."

Hans hätte nicht widersprechen können, denn Alois bugsierte ihn bereits zur Haustür hinein, aber das wollte er auch nicht. Ein Lächeln formte sich auf seinem Gesicht. Vielleicht hatte er, wenn er später nach Hause kam, schon eine Arbeit vorzuweisen.

11. März 1923

Fast drei Jahre schon diente Hans nun in der Reichswehr. Als Steuerfachmann für die Armee bekam er es meist nur mit Zahlen zu tun, auch wenn er in der Ausbildung zu schießen gelernt hatte. Das war zwar nicht, was er wollte, aber solange er auf keinen Menschen schießen musste, konnte er damit leben. Keine Arbeit hätte ihn vollständig zufriedengestellt, das war ihm klar. Alois hatte ihm trotz alledem seine Traumstelle beschafft. Die Jahre waren hart für alle gewesen, insbesondere dieses Jahr. Die jüngsten Preissteigerungen trafen auch ihn, aber als Armeeangehöriger konnte er immer auf eine reichhaltige Mahlzeit hoffen und nicht nur einmal legte er ein wenig Geld oder Essen zur Seite, um seine Familie zu unterstützen. Nur noch seine drei kleinen Geschwister – Walter, Frieda und Karl – lebten bei ihnen, Margarete und Gertrud waren verheiratet und Julius in die Stadt gezogen, um dort eine Ausbildung im Büro zu machen. So kamen sie als Familie über die Runden. Hans kannte einige Familien, die es schlechter hatten als sie.

Mit zunehmender Inflation zogen sich seine Arbeitstage immer länger. Sein Vorgesetzter bestand darauf, sämtliche Eingaben am gleichen Tag noch zu bearbeiten, denn man konnte nie wissen, wie teuer es am nächsten Tag wieder sein würde. Das sorgte nicht nur bei ihm, sondern bei den meisten Arbeitenden für reichlich Überstunden und Unmut, aber sie hatten keine andere Wahl. Hans hatte versucht zu verstehen, warum alles so teuer wurde, aber die Regierung ließ dazu kaum Informationen nach außen dringen. Deshalb nahm Hans die Situation, wie sie war, und machte das Beste daraus. Er hatte schon viele Aufstände miterlebt und er verstand seine Mitbürger durchaus, aber er nutzte die Zeit lieber, um sich noch ein billiges Angebot zu kaufen, statt zu protestieren.

Heute wollte er nach der Arbeit noch zwei Laibe Brot kaufen gehen, denn Lebensmittel verteuerten sich in den letzten Wochen beinahe täglich. Deshalb eilte er zum Bäcker, der bereits dabei war, seinen Laden zu schließen.

„Hans!", grüßte der Bäcker den jungen Mann und hielt inne.

„Philipp, hallo! Kannst du mir noch schnell zwei Laibe Brot verkaufen? Ich habe es nicht früher aus der Stube geschafft."

Philipp nickte und ging nochmals in die Backstube, um für Hans das Brot zu holen. Hans zählte in der Zeit das Geld in seiner Tüte.

„Wie viel bekommst du denn heute?", fragte er, als Philipp wiederkam, die Laibe in den Händen.

„Für zwei Laibe heute zwei Millionen Reichsmark", antwortete Philipp und seufzte. „Das sind verrückte Zeiten, nicht wahr?"

Hans reichte ihm die Scheine aus seiner Tüte heraus und nickte.

„Aber was können wir schon machen? Wir müssen einfach schauen, wie wir damit leben. Danke, dass du noch auf mich gewartet hast." Hans nahm das Brot entgegen und verabschiedete sich vom Dorfbäcker, um nach Hause zu gehen. Er war froh, das Brot heute noch ergattert zu haben, denn mit dem heutigen Lohn hatte er es sich leisten können.

In Gedanken war er noch bei der Arbeit. Die Besetzung des Ruhrgebiets durch die Franzosen seit Anfang des Jahres war auch schon genau so lange Thema in seiner Stube. Die Ausgaben der Regierung, um die Löhne der Arbeiter dort zu decken, belastete die Staatskassen enorm und sorgte für keine gute Stimmung unter seinen Kameraden. Auch die Behauptung Frankreichs, Deutschland habe Reparationsforderungen nicht beglichen, sorgte bei den Meisten für Unmut. Hans hatte mehrere Gespräche seiner Vorgesetzten mitangehört, aus denen er schließen konnte, dass Deutschland zu nicht mehr als den geleisteten Zahlungen imstande gewesen wäre. Wenn das stimmte, fand Hans die Unterstellungen Frankreichs nicht gerecht. Natürlich war er auch gegen die Besetzung des Rheinlandes, wie jeder, mit dem er sprach. Aber wen interessierte seine Meinung schon? Dass er Mühe hatte, genug Personal zu finden, weil jeder ins Rheinland ging, war ebenso seine Sorge wie die Finanzen. Stimmten diese nicht, gab es Rüffel vom Vorgesetzten. Also schuftete Hans jeden Tag, versuchte, Zahlen zurecht zu biegen und Personal aufzutreiben, das nicht ins Rheinland wollte – das war eine harte Aufgabe.

Gedankenverloren stieß er an einen festen Widerstand und wurde aus seinen Überlegungen gerissen. Er haderte kurz mit dem Gleichgewicht, fing sich aber schnell wieder und begutachtete die Situation. Der feste Widerstand entpuppte sich als junge Frau. Auch sie schien Einkäufe getätigt zu haben, denn auf dem Boden kullerten Kartoffeln umher und sie hielt eine Tüte in der Hand.

Peinlich berührt stellte Hans seine Tüten ab und half der jungen Frau, ihre Kartoffeln wieder einzusammeln.

„Das tut mir sehr leid. Ich war in Gedanken", entschuldigte er sich und neigte den Kopf.

„Ach nein, das kann passieren, das ist nicht so schlimm", wiegelte die junge Frau ab.

Hans reichte ihr die letzten Kartoffeln, und als sie sich wieder aufrichteten, betrachtete er die Frau zum ersten Mal näher. Sie trug robuste, einfache Kleidung, aber das tat ihrer natürlichen Schönheit keinen Abbruch. Ihre blauen Augen funkelten schelmisch aus ihrem sommerbesprossten Gesicht, was sie jung wirken ließ.

„Ich habe mich noch gar nicht vorgestellt, entschuldige bitte. Mein Name ist Hans", stotterte er, er konnte den Blick nicht von ihren Augen abwenden, so sehr faszinierten sie ihn.

Das junge Mädchen grinste verschmitzt und neigte zum Gruß den Kopf.

„Hallo Hans, mein Name ist Hedwig. Sehr angenehm." Hedwig reichte ihm eine Hand, die er förmlich schüttelte.

Er kam sich dabei schrecklich steif vor, wusste aber nicht, was er sonst hätte machen sollen. Hedwig machte ihn nervös.

„Wie kommt es, dass du mir gar nicht bekannt vorkommst? Du bist doch nicht so viel jünger als ich, oder?", fragte Hans ehrlich neugierig.

„Nein, ich denke nicht. Du kannst mich aber gar nicht kennen. Eigentlich komme ich aus der Stadt, aber dort gibt es noch weniger Essen als hier, weißt du? Meine Eltern haben mich zu meiner Tante und meinem Onkel aufs Dorf geschickt, damit ich mich ernähren kann. Sie brauchen Hilfe im Haushalt und so hat jeder etwas davon. Ich bin gar nicht hier aufgewachsen."

Hans nickte verständnisvoll und überlegte dabei fieberhaft, was er als Nächstes fragen konnte. Seine Gedanken waren wie ein undurchsichtiger Pudding. Er wusste nur, dass er Hedwig nicht davonziehen lassen wollte. Was fragte man denn junge Frauen in seinem Alter, ohne dass es unangemessen wirkte? Innerlich seufzte Hans. Er benahm sich wie ein Idiot. So konnte das nichts werden.

„Wo arbeitest du denn?", fragte Hedwig interessiert und stellte ihre Einkäufe ab.

„Ich? Ich diene bei der Reichswehr, in der Verwaltung", antwortete Hans stotternd.

Hedwig schmunzelte und musterte Hans von oben bis unten.

„Ah, ein Soldat also. Wie kommt es, dass du hier bist, wo es so beschaulich ist, und nicht im Rheinland? Willst du nicht kämpfen?"

Hans schüttelte den Kopf.

„Nein, kämpfen war mir schon immer zuwider. Ich bin froh, dass ich hinter meinem Schreibtisch bleiben kann. Ich finde auch, ich bin kein richtiger Soldat. Ich sitze nur am Schreibtisch und habe noch nie einen Menschen getötet."

Hedwig verzog missbilligend die Lippen.

„Dir ist kämpfen zuwider, aber du bist bei der Armee? Meinst du nicht, das ist widersprüchlich, lieber Hans?" Sie wandte sich von ihm ab und machte Anstalten, ihre Taschen aufzunehmen und zu gehen.

Hans hob die Schultern, er beeilte sich mit der Antwort, sodass Hedwig innehielt.

„Da hast du schon recht, aber es sichert mir und meiner Familie ein gutes Auskommen und ich bin zufrieden, solange ich nur in der Stube sitzen und niemanden erschießen muss."

Wieder schüttelte Hedwig den Kopf, aber sie lächelte und stellte die Tüten ein weiteres Mal ab.

„Du bist schon ein komischer Vogel, Hans. Aber ein netter Vogel bist du auch. Sag, möchtest du nicht mit mir ausgehen?"

Hans öffnete und schloss den Mund wieder, aber kein zusammenhängender Satz wollte aus seinem Mund kommen. Er fühlte, wie Hitze in seine Wangen stieg. Wie Hedwig so vor ihm stand und ihn abwartend musterte, machte seine Gedanken verrückt. Dennoch brachte er ein gestammeltes „ja" hervor, wonach Hedwig zufrieden lächelte.

„Das freut mich, Hans. Dann erwarte ich, dass du mich demnächst mal bei mir zu Hause besuchen kommst, vielleicht nach der Arbeit? Onkel und Tante möchten dich gewiss kennenlernen." Hedwig führte ihre Hand zu ihren Lippen und hauchte Hans einen Kuss zu, dann wandte sie sich zum Gehen.

Erst als sie ihren Blick von ihm nahm, konnte Hans wieder einen klaren Gedanken fassen.

„Warte mal, Hedwig!", rief er und machte einen Schritt auf sie zu.

Hedwig blieb stehen und wandte sich lächelnd zu Hans um.

„Wer sind deine Tante und dein Onkel eigentlich? Wie heißen sie?"

„Ich dachte schon, du fragst gar nicht." Hedwig kicherte hinter vorgehaltener Hand. „Schau nach Familie Dreyfuß, sie wohnen neben der evangelischen Kirche." Schon wandte sich Hedwig wieder ab und setzte ihren Weg nach Hause fort.

Hans atmete ein paarmal tief durch, bis sein Puls sich beruhigt hatte.

Er kannte Familie Dreyfuß. Sie waren älter und kinderlos, aber sehr nette und im Dorf beliebte Menschen. Wenn Hedwig mit ihnen verwandt war, konnte sie einfach keine schlechte Partie sein.

Gut gelaunt und mit breitem Lächeln machte sich auch Hans auf den Nachhauseweg. Endlich hatte auch er jemanden und war nicht mehr dem Spott seiner Geschwister ausgesetzt.

15. August 1926

Mit Hedwig auszugehen war das Beste, was Hans in seinem bisherigen Leben passiert war. Ihr Lächeln ließ sein Herz schneller klopfen und wenn sie seine Hand nahm, schwebte er im siebten Himmel. Sie waren noch nicht lange ein Paar, aber Onkel und Tante hatte sie ihm schon vorgestellt und auch seine Familie kannte Hedwig als seine Partnerin. Ihre Familien akzeptierten die neuen Partner und Hans hätte im Augenblick nicht glücklicher sein können: Seine Familie litt keinen Hunger, er hatte eine tolle Freundin und eine gute und sichere Anstellung.

Er schlitterte in einen bequemen Alltag aus Arbeit und Beziehung, den man eigentlich nur noch mit einer Hochzeit und einem Kind krönen konnte. Hans war mittlerweile 25 Jahre alt und mehr als bereit dazu, Vater zu werden. Schließlich war er schon mehrfacher Onkel und er liebte seine Nichten und Neffen.

Und dennoch, irgendwas hatte sich in den letzten Wochen zwischen Hedwig und ihm verändert, etwas Negatives. Hans konnte es nicht genau benennen, aber er hatte das Gefühl, dass Hedwig sich zunehmend vor ihm zurückzog. Er hatte schon oft versucht, sie darauf anzusprechen, aber Hedwig hatte immer wieder abgewunken und ihn mit etwas Schönem abgelenkt, einem Stück Torte beispielsweise. Hans machte sich immer mehr Sorgen um Hedwig, auch weil sie ihre ausgedehnten Spaziergänge, die sie sonst so gerne machte, immer mehr anstrengten. Was war nur mit ihr los? Oder bildete er sich das alles nur ein?

Im Alltag merkte man Hedwig selten etwas an, aber ihre Spaziergänge waren zunehmend eine

Qual. Auch jetzt waren sie zu einem Spaziergang verabredet und das war der Grund, warum Hans sich gerade Sorgen machte. Weil es aber in den letzten Tagen immer wieder zu Streit geführt hatte, Hedwig darauf anzusprechen, bemühte er sich um eine neutrale Miene, bevor er klingelte. Sie schien ihn bereits erwartet zu haben, denn die Tür öffnete sich sofort und Hedwig strahlte mit der Junisonne um die Wette. Weil Onkel und Tante in Hörweite waren, begrüßte er Hedwig mit einem züchtigen Kuss auf die Wange. Ihr knielanges, marineblaues Kleid mit den kurzen Ärmeln stand ihr ausgesprochen gut.

Er bot ihr seinen Arm an und Hedwig hakte sich unter. Sie rief Onkel und Tante noch einen Gruß zu, dann war die Tür geschlossen und sie schlenderten den Feldweg hinaus, über die Äcker.

„Wann kommen denn mal wieder deine Schwestern zu Besuch?", fragte Hedwig rundheraus und Hans runzelte die Stirn. Gewiss, Hedwig verstand sich mit seinen Schwestern gut, aber aktives Interesse hatte sie bisher nur selten gezeigt.

„Ich weiß nicht. Margarethe hat gerade entbunden, ich denke, da müssen wir eher sie besuchen, und mit Anna habe ich schon länger nicht mehr gesprochen, sie ist sehr beschäftigt momentan. Wie kommt es, dass du ein so großes Interesse daran hast?"

Hedwig zuckte mit den Schultern, aber ihr entschuldigendes Lächeln wirkte nicht echt.

„Ach weißt du, ich mag deine Nichten und Neffen einfach so gerne, sie sind alle so quirlig. Und an Wochenenden habe ich es einfach gerne laut um mich herum. Da sind so ein paar kleine Kinder doch genau das Richtige."

Hans glaubte ihr nicht, aber er wollte nicht streiten, weshalb er es dabei beließ und die warmen Sonnenstrahlen auf seinem Gesicht genoss. Der Sommer war seine liebste Jahreszeit.

„Es wird sich finden, dass wir sie bald mal wieder besuchen. Was meinst du denn, sollen wir Margarethe zur Geburt gratulieren gehen? Du könntest vielleicht vorab etwas kochen, sie hat gewiss noch nicht wieder die Kraft, stundenlang am Herd zu stehen. Sie freut sich bestimmt über ein deftiges Essen und ein bisschen erwachsene Gesellschaft."

So euphorisch Hedwig zuvor darüber gesprochen hatte, so zurückhaltend war sie jetzt, und das bestätigte Hans' Vermutung. Irgendwas stimmte nicht, aber er konnte es nicht greifen.

„Ja, wieso denn nicht", stimmte sie zögerlich zu und senkte den Blick. „Margarethe wird sich sicher über unseren Beistand freuen."

Sie gingen noch ein paar Meter und Hedwig verfiel in für sie untypisches Schweigen. Die Besuche am Wochenende füllte sie gewöhnlich mit Geschichten aus ihrem Alltag und ihrem Lachen, aber heute war davon nichts zu hören. Hans war die Stille unangenehm und er suchte nach einem Weg, das Ganze möglichst unverfänglich anzusprechen.

„Hedwig ... ist irgendetwas passiert? Du bist so still. So kenne ich dich nicht." Er legte behutsam seine Hand über Hedwigs und sah sie besorgt an.

Ihr Gesichtsausdruck verhieß nichts Gutes, ihr Ausdruck war finster und traurig zugleich.

„Ach, Hans ..." Sie seufzte und Hans glaubte, eine Träne an ihrer Wange zu sehen. „Dir kann ich einfach nichts verbergen, nicht wahr?"

Sofort war Hans angespannt. Er kannte Hedwig nur in bester Stimmung und fragte sich, was ihre Laune derart beeinflussen konnte.

„Was ist denn geschehen, Hedwig? Kannst du mit mir darüber reden?", fragte er mit heiserer Stimme.

„Ich kann nicht nur ... ich muss sogar", antwortete Hedwig und klang nun deutlich belegt. Sie blieb stehen und strich sich die schweißnassen Strähnen aus der Stirn. Offenbar hatten sie die paar Meter schon angestrengt.

„Hans ... hast du eigentlich schon mal darüber nachgedacht, mich zu heiraten?"

Völlig überrumpelt von der Frage blinzelte Hans und öffnete den Mund, um eine Antwort zu formulieren, aber kein Wort verließ seine Lippen, zumindest kein sinnvolles.

„Äh ... also ... nachgedacht?", stotterte er unbeholfen und fühlte, wie seine Wangen heiß wurden.

Hedwig, die ihn sonst immer geneckt hatte, lächelte nur mit tränennassen Augen und nickte. Mit fahrigen Händen nestelte sie an den Knöpfen ihres Kleides herum, so nervös hatte Hans sie noch nie erlebt. Er fasste sich ein Herz und atmete tief durch.

„Also ... das kommt jetzt alles ein wenig plötzlich, musst du mir zugestehen. Aber ja, ich habe in der Tat schon darüber nachgedacht, dich zu heiraten, liebste Hedwig."

Endlich war ihr Lächeln echt und erreichte ihre Augen.

„Ach, Hans ..."

Hans tätschelte ihren Arm und lächelte zurück.

„Aber wie kommt es, dass du mich das jetzt fragst? Bist du ungeduldig, oder hat es überhaupt einen bestimmten Grund? Dass eine Frau den Mann fragt, ist doch mehr als ungewöhnlich, das musst du zugeben ..." Er erwartete, dass sich Hedwigs Laune wieder bessern würde, aber sobald er die Frage zu Ende gestellt hatte, kehrte der betrübliche Ausdruck wieder auf ihr Gesicht zurück.

„Ja, es hat einen bestimmten Grund", antwortete Hedwig und zückte ein Taschentuch, um sich ihre nassen Wangen abzuwischen.

Panik machte sich nun auch bei Hans breit. Welchen Grund könnte Hedwig haben, ihn so zu bedrängen? Was war wichtig genug? Oder was war schlimm genug? Hans fasste sie an ihren Schultern.

„Hedwig, bitte rede mit mir. Was ist denn so Schlimmes passiert? Ich mache mir Sorgen!" Hedwig würgte den Kloß in ihrem Hals hinunter und atmete tief durch, bevor sie ihm antwortete.

„Ich ... ich habe Krebs, Hans. Der Doktor sagt, es ist schon recht weit."

Dann brach Hedwig endlich in Hans' Armen weinend zusammen, während Hans sie festhielt.

Er wusste nicht viel über diese Krankheit. In seinem Umfeld hatte er sie bisher noch nicht intensiv erlebt, nur zwei seiner Vorgesetzten waren im Laufe der Jahre daran gestorben. Doch die waren alle wesentlich älter als Hedwig gewesen. Dass auch junge Menschen dieser Krankheit ausgesetzt sein konnten, machte ihn sprachlos. Damit hatte er nicht gerechnet und das hätte er auch niemals geglaubt. Gleichzeitig wurde ihm nun klar, wieso Hedwig ihn nach der Hochzeit gefragt hatte. Sie würde nicht mehr lange bei ihm sein können. Eine Behandlung konnten sich nur sehr reiche Menschen leisten und selbst die Behandlung war kein Garant für eine Genesung. Hedwig war also dem Tod geweiht. Die einzige Frage war, wann sie sterben würde.

„Das ist ... schrecklich, Hedwig", würgte er hervor und fasste ihre Hand fester. „Ich wünschte, ich könnte etwas tun, damit der Krebs dich nicht mehr befällt."

Hedwig lächelte müde und plötzlich fügten sich winzige Puzzleteile vor Hans' innerem Auge zu einem großen Ganzen zusammen. Ihre fahle Haut in letzter Zeit, die Appetitlosigkeit und die schnelle Erschöpfung. Dazu klagte Hedwig in den letzten Tagen zunehmend über Schmerzen, mal im Kopf, mal im Bauch. Waren das alles Lebenszeichen ihrer fortschreitenden Krebserkrankung gewesen und Hans war zu blind gewesen, dies richtig zu erkennen? Natürlich, Hans war kein Arzt, aber er war auch nicht dumm. Ähnlich hatte es bei seinen Arbeitskollegen auch begonnen. Er hätte es erkennen müssen, oder wenigstens ahnen müssen.

„Wir werden heiraten, Hedwig", sagte er fest entschlossen. „Ich habe einiges gespart, von dem wir das Aufgebot bestellen können und vielleicht wollen uns unsere Familien ja ein wenig unter die Arme greifen. Lass uns mit allen reden. Du sollst als verheiratete Frau sterben."

Hedwig fasste sich und lächelte. Zum ersten Mal seit Tagen strahlten auch ihre Augen wieder so wie früher.

„Danke, Hans. Das bedeutet mir sehr viel. Noch ein Mal eine richtige Frau sein ..."

Hans sah sie liebevoll an und legte einen Arm um ihre Schultern.

„Du bist eine richtige Frau Hedwig, auch jetzt schon. Und eine wunderbare Frau noch dazu, aber wer weiß schon, was Gott sich dabei denkt, manche früher und manche später zu sich zu holen?"

Hedwig seufzte hörbar und lehnte sich an Hans. Ihr leichter Schweißfilm auf der Stirn verriet, wie erschöpft sie war, aber ein Lächeln zierte ihr blasses Gesicht. Sanft zog er sie in die entgegengesetzte Richtung.

„Komm, du bist erschöpft, du sollst dich ausruhen. Bei der Gelegenheit können wir auch gleich Onkel und Tante von unserem Vorhaben erzählen. Wissen sie, dass du krank bist?"

Hedwig nickte schwach und tupfte sich den Schweiß von der Stirn.

„Aber sie können auch nichts tun. Sie haben einfach nicht das Geld, um mich zu einem Arzt zu schicken und selbst meine Eltern in der Stadt können das Geld nicht aufbringen."

Das Reden strengte Hedwig an und Hans gebot ihr mit einem Finger auf den Lippen, zu schweigen.

„Rede nicht so viel, wenn du dich beim Laufen anstrengst. Wir können später noch weiter darüber sprechen, aber jetzt gehen wir erst einmal nach Hause zu dir." Ihn schmerzte es, Hedwig jetzt mit diesen Augen zu sehen, aber er wollte für sie stark bleiben. Das war er ihr schuldig.

Die nächsten Wochen waren gleichzeitig die schönsten, traurigsten und stressbehaftetsten in Hans' bisherigem Leben. Niemand stellte sich gegen die Verbindung, im Gegenteil. Hans und Hedwig erfuhren von allen Seiten so große Unterstützung, wie es Hans nicht für möglich gehalten hätte. Das Aufgebot konnte er tatsächlich von seinem angesparten Geld bezahlen und seine Schwestern hatten darauf bestanden, Hedwig das schönste Hochzeitskleid zu nähen, das man im Dorf jemals gesehen hatte. Pfarrer Schmitt kam fast täglich zu Besuch, einerseits, um sich nach Hedwig zu erkundigen, aber auch, um Details der kirchlichen Hochzeit mit ihnen abzusprechen. Alle Entscheidungen diesbezüglich überließ Hans seiner Verlobten. Sie sollte die Hochzeit bekommen, die sie sich schon immer gewünscht hatte. Deshalb zog er sich zurück und stand nur bereitwillig parat, wenn er nach seiner Meinung gefragt wurde oder es um seinen Anzug ging. Julius war sein Trauzeuge und, obwohl selbst jung verheiratet, noch nervöser als Hans.

In ihrem weißen Kleid und dem weißen Schleier mit dem von ihrer kleinsten Schwester geflochtenen

Myrtenkranz sah Hedwig wunderschön aus. Hans traten auf dem Weg zum Standesamt und der Kirche mehr als einmal Tränen in die Augen. Das Leben war so ungerecht, eine so junge Frau in den Tod zu schicken! Hedwig strahlte wie eine Göttin und war wunderschön von innen heraus.

Die Zeremonie war schön und das Fest danach umso rauschender. Viele ihrer Gäste wussten um die besondere Situation, deshalb schenkten sie keine Dinge, die einer langen Ehe zuträglich gewesen wären. Stattdessen schlemmte die Gesellschaft in einem rauschenden Fest aus Leckereien, die Hans in seinem Leben noch nie gegessen hatte.

Doch das Wichtigste für ihn war, dass Hedwig sehr glücklich war. Sie lachte, aß und trank, als würde sie der Krebs nicht beeinträchtigen. Nur Hans fiel später am Tag auf, wie verschwitzt sie war und dass ihr Lächeln zunehmend angestrengt wirkte.

Wenige Tage nach der Hochzeit starb Hedwig. Es war fast, als hätte sie gewartet, bis der schönste Tag ihres Lebens vorbei war, um dann friedlich einzuschlafen. Obwohl dies abzusehen war, traf Hans der Verlust hart. Als ihr Ehemann oblag es ihm, für die Beerdigung alles zu regeln und zu bezahlen, aber er stützte sich dennoch auf ihre Familie. Sie beim letzten Gang miteinzubeziehen, hatte er schon vor der Hochzeit beschlossen und die Familie dankte es ihm mit uneingeschränkter Unterstützung.

Allerdings riss danach der Kontakt zu ihrer Familie immer mehr ab. Hans zog sich in seinem Elternhaus zusehends zurück und fokussierte sich auf die Arbeit, um seine Trauer zu ersticken. Nach der Arbeit besuchte er fast täglich Hedwigs Grab und legte frische Blumen darauf. Ihn irritierte es zwar, dass Hedwig nicht in der Stadt bei ihren Eltern begraben worden war, aber er fragte nicht danach. Insgeheim war er froh, so konnte er sie öfter besuchen. Manchmal saß er einfach nur auf der Parkbank in der Nähe des Grabs und unterhielt sich stumm mit ihr. An manchen Tagen wendete er viel Zeit für die Blumenpflege auf, riss Unkraut heraus und pflanzte neue Sträuße in die Erde. Abseits seiner Arbeit noch etwas für Hedwig zu tun, erfüllte ihn. Mehr, als sein Leben im Elternhaus es je hätte tun können.

Seine Schwiegereltern traf er dabei jedoch nie. Ob sie ihm den Platz lassen wollten, den er zum Trauern brauchte, oder sich nicht für ihre Tochter interessierten, hatte Hans auch später nie mehr herausfinden können. Doch er hielt sich nicht zu lange damit auf. Wichtig war, Hedwig zu gedenken.

15. April 1929

Hans stürzte sich auch in den nächsten Wochen und Monaten in Arbeit, die beste Medizin für ihn. Die Besuche an Hedwigs Grab nahmen mit der Zeit ab, dennoch schaffte er es auch heute noch mindestens jeden Sonntag, sich auf die Bank zu setzen und mit ihr ein paar Worte zu wechseln. Seit ihrem Tod vor drei Jahren hatte sich sein Leben sehr verändert. Nicht nur war er mittlerweile Haupternährer seiner Familie, auch sein Job hatte sich verändert. Die Zahlen, die jeden Tag bei ihm auf dem Tisch landeten, verrieten Hans, dass das Deutsche Reich aufrüstete, obwohl es der Versailler Vertrag verboten hatte. Wie aber konnte man sonst den Bau von Waffen bezeichnen? Selbstverständlich war er zu absolutem Stillschweigen verpflichtet. Nicht auszudenken, was Frankreich machen würde, sollte es feststellen, dass das Deutsche Reich gegen den Versailler Vertrag verstieß. Hans wusste nicht, was er davon halten sollte. Einerseits war er gegen Waffen und gegen Krieg, aber die Drangsalierung durch Frankreich war ihm genauso zuwider, aber das war nicht das Einzige, über was er nachdachte.

Viel größere Sorgen als die Inflation machte ihm die Entwicklung der Braunhemden in seinem Dorf. Er hatte die Gruppe, als sie sich vor ein paar Jahren anfingen, im Dorf auszubreiten, erst als Spinner abgetan. Sie hatten auch an seine Tür geklopft und versucht, ihn zu rekrutieren, aber als Armeeangehöriger war er für sie nicht von Interesse, behaupteten sie, nachdem er sich zu erkennen gegeben hatte. Hans war das recht. Ihm war die SA suspekt und so musste er keine Ausrede erfinden, um sich ihnen nicht anschließen zu müssen. Je länger sie sich im Dorf aufhielten, desto froher war er mit seiner Entscheidung gegen die Gruppe. Sie prügelten sich, sie belästigten die Leute und sie führten sich auf, als gehörte ihnen das Dorf. Die Bewohner trauten sich schon seit längerem kaum noch auf die Straße. Die Vorfälle häuften sich immer mehr, bis fast täglich irgendjemand Probleme mit den Braunhemden bekam. Hans hatte nach der Arbeit bald jeden Tag Angst, den Zorn der Gruppe abzubekommen.

Auch heute schien wieder eine der unzähligen Straßenschlachten in Gange zu sein, als Hans von der Arbeit aus der Stadt nach Hause kam. Er hörte den Lärm schon von weitem und entschloss sich, sein geliebtes Fahrrad bei einem befreundeten Bauer in die Scheune zu stellen. Er hatte viel zu lange darauf gespart, um sich sein Fahrrad leisten zu können, als dass er sie von ein paar Hallodris beschädigen lassen wollte. Zu seinem Fahrrad legte er noch einen kleinen, handgeschriebenen Zettel. Alf und er hatten diese Absprache schon öfter getroffen und es häufte sich zunehmend, aber die Bewohner untereinander halfen sich eben, wo sie konnten. Nicht selten hatten auch sie schon Wertgegenstände von Nachbarn bei sich gehütet. Gegen die Braunhemden stand man zusammen.

Angespannt lauschte er und drückte sich mit dem Rücken an den Hauswänden entlang. Wer auch immer gerade Ärger mit der Sturmabteilung hatte, Hans wollte auf keinen Fall daran beteiligt werden. Vermutlich prügelten sie sich gerade auf dem zentralen Dorfplatz, weshalb Hans einen großen Bogen hinter den Häusern entlanglief.
So blieb er auf sicherem Abstand und seine Haltung entspannte sich allmählich, je leiser die Streitgeräusche wurden. Er freute sich schon auf einen Teller warme Suppe und einen friedlichen Abend

ohne Braunhemden und Waffen bei seiner Familie. Hans war schon fast zu Hause angelangt, als er abrupt stoppte. Vor ihm lief ein Braunhemd, und es lief in die gleiche Richtung. Wollte die Person etwa auch zu ihnen nach Hause? Viel mehr Möglichkeiten gab es nicht mehr, das Braunhemd ignorierte Haus um Haus. Hans bekam es sofort mit der Angst zu tun. Ein Braunhemd verhieß nie Gutes, und er wollte seine Mutter und seine kleinen Geschwister so gut es ging beschützen.

So leise wie möglich folgte Hans dem Braunhemd und stellte mit Entsetzen fest, dass es tatsächlich sein Elternhaus betrat. Was wollte er dort? Die SA-Mitglieder machten selten Hausbesuche und seine Familie hatte sich – so wusste er jedenfalls – nicht danebenbenommen, zumindest in den Augen der Braunhemden. Hans konnte sich also nicht vorstellen, welchen Besuchsgrund der SA-Mann hätte haben sollen.

Mit gespitzten Ohren betrat Hans das Haus, konnte aber niemanden reden hören, den er als fremd empfand, was ihn irritierte. Das Braunhemd hatte er sich doch nicht eingebildet? Er hörte zuerst die Stimme seiner Mutter und seiner jüngsten Zwillingsgeschwister Karl und Frieda. Als er in die Stube kam, saßen die drei am Tisch und schnitten Gemüse zurecht.

„Hallo, Hans. Wie war dein Tag?", grüßte ihn seine Mutter und sah kurz auf.

„Wie üblich, nichts Besonderes. Im Dorfkern sind schon wieder die Braunhemden unterwegs, ist irgendwas vorgefallen?", fragte Hans beiläufig.

Seine Mutter spitzte die Lippen und teilte eine Zwiebel so heftig, dass eine Hälfte vom Tisch kullerte. Hans registrierte ihren Zorn mit hochgezogenen Augenbrauen – sauer kannte er seine Mutter nicht. Was war hier bloß los?

„Wenn du was von der SA wissen willst, frag' doch Julius", antwortete ihm schließlich Karl und klang dabei ebenfalls nicht glücklich.

„Julius?", echote Hans stirnrunzelnd. „Ist er da?"

Julius hatte, seit er ausgezogen war, weniger Kontakt mit seiner Familie gehabt und dass er plötzlich im Haus war, erschien Hans merkwürdig.

„Er ist mit Vater im Garten", antwortete Frieda und Hans machte sich sofort auf den Weg. Vielleicht erwartete ihn dort ja des Rätsels Lösung.

Tatsächlich standen im Garten sein Vater und Julius, beide hatten ihm den Rücken zugewandt. Sie unterhielten sich hitzig und Julius gestikulierte ausladend dabei. Was aber noch viel schlimmer war, registrierte Hans erst im zweiten Augenblick. Das Braunhemd, das kurz vor ihm die Stube betreten hatte, war Julius gewesen. Hans fühlte einen dicken Kloß im Hals. Warum hatte sich ausgerechnet sein kleiner, immer fröhlicher Bruder diesem Schlägertrupp angeschlossen? Das passte überhaupt nicht zu ihm! Hans räusperte sich und trat auf die beiden zu.

„Mutter hat mir gesagt, dass du zu Besuch bist. Hallo, Julius. Lange nicht gesehen, wie geht es dir?"

Julius' Gesicht trug einige Blessuren und verheilte Schnitte, aber er lächelte breit.

„Hans! Schön, dass ich dich auch zu Gesicht bekomme. Ich hatte schon befürchtet, du arbeitest zu lange und kommst spät nach Hause. Wie gehen die Dinge in der Armee? Gut?"

Hans runzelte argwöhnisch die Stirn. Julius klang entspannt, aber er hatte sich zuvor nie für seine Arbeit interessiert. Im Gegenteil, Julius hatte Schreiner werden wollen und nie etwas mit dem Militär am Hut gehabt, geschweige denn sich nach Hans' Arbeit erkundigt. Rührte das plötzliche Interesse von seiner

Mitgliedschaft bei der SA her? Das schien Hans am wahrscheinlichsten zu sein. Er winkte ab.

„Ach, du weißt doch, ich beschäftige mich eigentlich den ganzen Tag nur mit Zahlen. Ich kann dir berichten, dass es uns nicht an Geld mangelt, aber mehr weiß auch ich nicht aus den Zahlen zu lesen." Das war glatt gelogen. Hans hasste lügen, aber er hasste die Sturmabteilung noch mehr. So weh es ihm tat, aber er traute seinem Lieblingsbruder gerade keinen Zentimeter über den Weg. „Wie geht es bei dir? Dein Gesicht sieht aus, als wärst du dem Odin von den Nachbarn vor die Lefzen gefallen. Muss dein großer Bruder mal wieder jemanden schlagen?" Hans bemühte sich um einen lockeren Ton, war aber angespannt. Dieser scheinbar banale Austausch von Nichtigkeiten glich für ihn schon einem Verhör.

Dieses Mal winkte Julius ab.

„Nein, nein, es ist schon alles gut. Glaub mir, mein Kontrahent sieht viel schlimmer aus. Ist ja auch schon fast alles wieder verheilt. Mir geht es gut, Ehrenwort."

Ihr Vater hatte den Austausch stumm verfolgt und seufzte nun geräuschvoll.

„Jungs, ich lasse euch mal ein bisschen alleine. Ich bekomme Kopfweh, wenn ich hier noch länger bin", brummte er und stapfte ins Haus zurück.

Julius und Hans sahen ihm nach, Julius hatte die Hände in den Hosentaschen vergraben.

„Was ist denn mit Papa los? Er ist doch sonst nicht so brummig?", fragte Hans halblaut und runzelte die Stirn.

„Ach, Papa verkennt einfach die Zeichen der Zeit, glaube ich. Wir haben diskutiert. Seitdem ist seine Laune schlecht."

Mit noch stärker gerunzelter Stirn wandte sich Hans zu seinem Bruder um und erblickte wieder sein Braunhemd, das er die ganze Zeit ausgeblendet hatte. Ihm wurde übel, aber er rang sich zu einer neutralen Bemerkung durch.

„Was genau meinst du? Welche Zeichen der Zeit?"

Julius lachte auf.

„Ach komm, Hans. Ich weiß, dass du die Sturmabteilung kennst, du bist nicht dumm. Bei der Reichswehr redet man doch sicher auch über uns, mh?"

Hans presste die Lippen aufeinander und verschränkte seine Arme.

„Ja, ich weiß von den Braunhemden, natürlich. Wie kommt es, dass du dich der SA angeschlossen hast? Davon wusste ich bisher nichts."

„Ich bin auch noch nicht so lange bei der SA", gab Julius zu und senkte den Blick für einen Augenblick, dann sah er Hans fest in die Augen. „Hans, ich weiß, du bist bei der Reichswehr, das mag nicht schlecht sein. Aber glaub' mir, die SA und die NSDAP sind die Zukunft! Adolf Hitler wird das Deutsche Reich zu neuer Größe führen. Endlich können wir Versailles endgültig abschütteln!"

Hans seufzte und lief im Garten auf und ab. Einerseits verstand er die Motivation – Versailles war eine herbe Demütigung und er hasste das Diktat ebenso – aber die Brutalität der SA hatte ihn von Anfang an abgeschreckt. Er hatte Angst davor, was passieren könnte, wenn die NSDAP mit Hilfe der SA an die Macht kommen würde. Dass ausgerechnet sein liebster Bruder damit sympathisierte, versetzte ihm einen Stich ins Herz.

„Julius ... ich kann dich verstehen, was Versailles betrifft. Ich hasse diesen Vertrag genau wie du, das weißt du. Aber die SA ist ungeheuer brutal. Hast du nicht mitbekommen, wie sie vor ein paar Wochen Immanuel und Jaron verprügelt haben? Die beiden liegen seitdem im Krankenhaus!"

Die beiden Zwillinge waren mit Julius zur Schule gegangen und seine besten Jugendfreunde gewesen. Hans hoffte, Julius eine Gefühlsregung zu entlocken.

„Jaron und Immanuel haben es nicht anders verdient. Sind laut geworden und patzig. Bitte fang' nicht damit an", spuckte dieser nur aus.

Ungläubig schüttelte Hans den Kopf.

„Jaron und Immanuel waren laut und du meinst es wäre richtig, sie dafür ins Krankenhaus zu prügeln? Was ist nur los mit dir, Julius?"

Julius packte Hans am Arm und zwang ihn dazu, stehen zu bleiben.

„Mensch, Hans! Es geht hier nicht um Jaron und Immanuel! Es geht hier um uns. Um die arische Rasse! Die NSDAP wird bald an die Macht kommen und dann wird es wichtig sein, zu wem du gehörst. Noch hast du die Möglichkeit, dich der SA anzuschließen, komm einfach mit mir. Ich regle das schon für dich. Als Militärangehöriger bist du wertvoll für uns. Wir nehmen dich sicher mit offenen Armen auf, wir können Leute wie dich gebrauchen."

Hans löste sich aus Julius' Umklammerung und rieb sich den schmerzenden Arm, verzog angewidert das Gesicht.

„Du bist schon total gehirngewaschen, Julius! Diese brutalen Schläger sind nicht die Zukunft, und solltest du recht haben, wäre das ein schwarzer Tag für das Reich. Nie im Leben werde ich bei eurem Schlägerverein mitmachen. Vergiss es!"

Der arrogante Ausdruck in dem Gesicht seines Bruders machte Hans rasend. Die Gehirnwäsche schien bei ihm schon vollständig abgeschlossen zu sein. Verbittert und enttäuscht wandte sich Hans ab.

„Du kannst wieder mit mir reden, wenn du normal geworden bist. Solange du so ein Schläger bist, will ich mit dir nichts mehr zu tun haben. Leb' wohl, Julius."

„Das wirst du bereuen, Hans. Glaub' mir", hörte er Julius sagen und biss sich auf die Lippe. Seinen Bruder zu verlieren, zerriss ihm das Herz. Insgeheim hoffte er, Julius würde ihn aufhalten und reuig zu Kreuze kriechen, aber er tat ihm den Gefallen nicht.

Niedergeschlagen betrat er die Stube, wo mittlerweile nur noch Mutter und Frieda in der Küche zugange waren. Frieda sah von ihrer Arbeit auf.

„Hat Julius dich jetzt auch vertrieben? Papa ist gerade mit hundsmieserabler Laune an uns vorbeigegangen."

„Dann werde ich ihm das nachmachen", gab Hans lahm zur Antwort und schlurfte in Richtung seines Kinderzimmers. „Kann ich mich eine Weile in mein Bett legen? Ich habe Kopfschmerzen."

Nun wandte sich auch seine Mutter vom Kochtopf ab und musterte ihren Ältesten besorgt.

„Na wenn das so ist, weckt dich Frieda zum Abendessen, aber dann müsst ihr mir erzählen, was Julius so Schlimmes tut, dass erst Vater und dann du mit Kopfweh herumlaufen."

Hans überlegte, etwas zu erwidern, entschied sich dann aber dagegen. Ihm fehlte gerade die Kraft, er fühlte sich, als hätte die Erkenntnis ihm jeglichen Elan geraubt.

„Ja, das erfährst du dann", murmelte er und wandte sich ab.

Hinter ihm betrat Julius die Stube und die Situation veränderte sich sofort. Die Anspannung war fast greifbar, als die Frauen ihn musterten und stumm Auskunft erwarteten. Hans konnte die Anwesenheit seines Lieblingsbruders nicht länger ertragen, er verließ den Raum, ließ sich auf sein Bett fallen und vergrub seinen Kopf im Kissen. Die Welt konnte ihm gestohlen bleiben.

16. Oktober 1935

Hans gab es auch im Nachhinein nicht gerne zu, aber Julius hatte recht behalten. Nun war die NSDAP schon zwei Jahre an der Macht und Adolf Hitler Reichskanzler. Die Sturmabteilung war mittlerweile zur Bedeutungslosigkeit verkommen, aber ob Julius mittlerweile woanders aktiv war, oder noch immer die SA-Uniform trug, wusste er nicht. Seit dem Vorfall im Garten hatten sie nicht mehr gesprochen und waren sich aus dem Weg gegangen. Vielleicht lebte Julius auch gar nicht mehr hier, denn auch zum Rest seiner Familie hatte er keinen Kontakt gehalten. Hans hingegen schützte als Militärangehöriger seine Familie vor größeren Repressalien der Nazis.

Hans war der Militärdienst allerdings mittlerweile zuwider. Selbst in die Schriftsprache hatten sich die Nazis schon teilweise geschlichen und bei jedem Schreiben, das er mit „Heil Hitler" unterschreiben musste, überkam Hans ein schlechtes Gefühl. Trotzdem wollte er seine Anstellung nicht aufgeben. Es sicherte ihnen ein gutes Auskommen und weil man das Militär schätzte, waren er und seine Familie bisher relativ unbehelligt von Repressionen geblieben. Allerdings fragte Hans sich immer öfter, wie lange das noch so bleiben würde. Seine Vorgesetzten waren allesamt durch stramme NSDAP-Mitglieder ersetzt worden, sofern sie nicht selbst in die Partei eingetreten waren, und auch Hans wurde immer öfter gefragt, wann er denn eintreten wolle. Bisher hatte er sich dem Druck erwehren können, aber es fiel ihm von Tag zu Tag schwerer. Vielleicht bildete er sich das auch nur ein, aber er meinte, dass die Papierstapel auf seinem Tisch größer geworden waren, seit er sich weigerte, in die Partei einzutreten. Außerdem kamen die Fragen nun mittlerweile mehrmals die Woche und Hans wusste schon bald keine Ausrede mehr.

Neben dem Teil seiner Familie, der sich nicht von ihm abgewendet hatte, vertraute er nur noch einer Person bedingungslos: Paul Meschnitz. Paul hatte mit ihm die Ausbildung begonnen und hasste die Nazis so leidenschaftlich, dass Hans sich regelmäßig um seine Gesundheit und sein Leben sorgte. Paul arbeitete ebenfalls als Schreibkraft und sie hatten sich zeitweilig eine Stube geteilt. Heute arbeiteten sie in benachbarten Zimmern.

Hans wollte gerade ein paar Rechnungen über Kleidungsbestellungen für die Besprechung heute Mittag ordnen, als Paul sein Zimmer betrat und ihn zum Gruß zunickte.

„Den andern Gruß", zischte Hans leise und warf einen nervösen Blick zur Tür. „Schön laut und deutlich, für die da oben. Man, Paul, du Esel!"

Paul winkte lässig ab.

„Die Oberen sind alle ihre Zigarette rauchen, keine Sorge, Angsthäschen. Deshalb bin ich aber überhaupt erst da. Die kriegen mich schon nicht, keine Sorge."

Hans presste die Lippen aufeinander, widersprach aber nicht mehr. Wenn Paul das sagte, vertraute er ihm, auch wenn ihm übel bei dem Gedanken war, erwischt zu werden. Paul ließ sich auf dem Stuhl nieder, der Hans gegenüberstand, und fläzte sich breitbeinig in Pose.

„Lass uns schnell reden und leise. Keine Ahnung, wann die feinen Herren Nazis aufgeraucht haben", begann er und beugte sich vor.

Hans warf einen erneuten prüfenden Blick zur Tür und lauschte, aber er konnte niemand anderen ausmachen. Angespannt beugte er sich über den Schreibtisch.

„Was hast du nun schon wieder für eine Idee?", flüsterte er zurück.

„Was heißt hier schon wieder für eine Idee?", äffte Paul ihn nach. „Das ist nicht nur eine Idee, ich habe schon einen Versetzungsantrag gestellt, und du solltest das auch tun."

Hans neigte den Kopf und runzelte die Stirn.

„Wohin lässt du dich versetzen?"

„Die suchen Reiter. Ich lasse mich am Pferd ausbilden. Da habe ich wenigstens meine Ruhe. Dem Pferd ist es genauso egal, ob ich Hitler grüße oder nicht."

Hans runzelte zweifelnd die Stirn.

„Meinst du, die lassen einen wirklich in Ruhe? Die Ausbilder sind doch sicher auch bei der NSDAP ..."

Paul zuckte mit den Schultern und lehnte sich auf seinem Stuhl zurück, er flüsterte jetzt nur noch. Trotzdem verstand Hans jedes Wort.

„Mag sein, aber als Lehrgangsteilnehmer bin ich erst mal wieder aus dem Fokus dieser Bürohengste. Echt, überleg' es dir. Oder hast du Angst vor den Gäulen – den echten?"

„Nein, natürlich nicht", winkte Hans ab, „aber ich weiß nicht ... verlockend wäre es schon. Ich hab' die Nase auch voll. Wenn du wirklich recht hast, wäre das eine gute Idee ..."

Weil es auf den Gängen lauter wurde, klopfte Paul auf den Tisch und erhob sich.

„Ach Hans, danke für deine Hilfe", sagte er lauter als nötig, „ich gehe jetzt mal wieder an meine Arbeit. Wenn was ist, komm einfach rüber." Beim Rausgehen zwinkerte er Hans zu und dann hörte dieser Paul auf dem Gang grüßen.

Eilig machte sich Hans wieder an seine begonnene Arbeit und nahm die Briefe an sich. Wenige Sekunden später kam sein Vorgesetzter herein.

„Heil Hitler. Wie geht es mit den Briefen?", fragte er und warf einen missbilligenden Blick auf den Stapel, der sich seit seiner letzten Visite nicht merklich verkleinert hatte.

„Ich bearbeite gerade die Rechnungen für die Uniformbestellungen", gab Hans Auskunft und hob die Briefe in seinen Händen ein wenig höher. „Damit werde ich heute noch fertig."

Sein Vorgesetzter schnaubte und wendete sich ab.

„Sie sollten wirklich verinnerlichen, wie man einen Vorgesetzten in der kommenden Zeit grüßt. Vielleicht höre ich doch irgendwann auf, zu vergessen, wie rebellisch Sie sind." Er stolzierte geräuschvoll hinaus und wusste genau, wie sehr er Hans gerade bedroht hatte.

Die Tür knallte lauter als nötig in ihr Schloss und zurück blieb ein benommenes Gefühl der Angst. Hans fühlte, wie sich ein Kloß in seinem Hals bildete. Vielleicht sollte er Paul doch noch einmal genauer nach der Versetzung befragen.

12. Februar 1938

Vertrauensvoll lehnte sich Hans gegen die Flanke von Sirene. Die Fuchsstute schien seine Anspannung zu spüren und knabberte neugierig an seinem Uniformkragen.

„Ja, natürlich hab' ich was für dich", seufzte Hans und zog eine Karotte aus seiner Hose.

Sirene wieherte erfreut und kaute genüsslich auf ihrem Lieblingsgemüse herum. Er kraulte sie hinter dem linken Ohr und fuhr durch ihre Mähne.

„Nachher komme ich noch und miste deinen Stall aus, aber jetzt muss ich noch zum Lehrgangsleiter. Du hast mir doch versprochen, du beißt ihn, wenn du ihn das nächste Mal siehst." Er grinste in sich hinein und wischte sich die speichelnasse Hand an seiner Uniformhose ab.

Neben Sirene stand Pauls Hengst Ares, den er beim Rausgehen auch kurz streichelte. Ares schnaubte und drehte sich weg, Paul bezeichnete ihn gerne als Diva, was Hans überaus passend fand. Hans schüttelte den Kopf, steckte seine Hände in die Hosentaschen und schlenderte aus dem Stall.

Obwohl sein Ausbilder hier auch NSDAP Mitglied war, war der Wechsel hier her dennoch eine gute Entscheidung gewesen und er war Paul dankbar für seine Hartnäckigkeit, ihn mitnehmen zu wollen. Oberst Schneider war ein entspannter Vorgesetzter und die meiste Zeit verbrachten sie ohnehin in der Reithalle, fernab von allen Protokollen. Ihre Hoffnungen und Erwartungen hatten sich also allesamt erfüllt. Die Ausbildung dauerte drei Jahre und Hans hatte von Anfang an Sirene zugeteilt bekommen. Die Stute war zu seinem Ein und Alles geworden und seine beste Freundin hier. Sie war sein erster Kontakt zu einem Pferd, wobei er unendlich dankbar für die

Erfahrung war. Nie wieder hätte er sich ein Leben ohne Pferd vorstellen können. Deshalb verwöhnte er sie auch, sooft er Zeit dazu fand.

Hans machte sich auf den Weg zum Haupthaus, denn bald war Abendessenszeit. Die Mahlzeiten nahmen immer alle Lehrgangsteilnehmer gemeinsam mit ihren Lehrgangsleitern ein, was den Zusammenhalt stärken sollte. Hans war jetzt schon eine Weile hier und die Zahl der Lehrgangsteilnehmer hatte kontinuierlich zugenommen, sogar eine zweite Reithalle war gerade im Bau. Offenbar waren die Nationalsozialisten an gut ausgebildeten Reitern sehr interessiert, denn soweit Hans mitbekommen hatte, war seine Ausbildung außergewöhnlich lange und viel umfangreicher, im Vergleich zu ähnlichen Ausbildungen in anderen Ländern.

Im Haupthaus traf er auf Paul, der auch gerade auf dem Weg zum Kasino zu sein schien.

„Hey, Hans!", grüßte er und klopfte ihm auf den Rücken. „Wo warst du denn nach der Übung? Als ich Ares reingebracht hatte, warst du schon verschwunden."

„Ich bin schnell duschen gegangen und dann nochmal bei Sirene gewesen", erzählte Hans und hob abwehrend die Hände. „Tut mir leid, ich wollte Sirene unbedingt noch eine Karotte vorbeibringen."

Paul legte ihm grinsend eine Hand auf die Schulter.

„Du und deine Sirene, das ist fast wie eine Ehe, weißt du das? Seit du hier bist, hast du von keiner anderen Frau mehr geredet als von deiner Stute. Langsam wird das sogar für deinen besten Freund gruselig."

Hans räusperte sich und schüttelte Pauls Hand ab. Auf seinen Wangen lag ein leichter Rotschimmer.

„Na und, lass mich doch. Lieber eine Sirene an der Seite als jemand, der das hier alles gut findet", flüsterte er immer leiser und sah sich dabei vorsichtig um. Warum sollte er einen Gedanken an eine Frau verschwenden, genau hier? Er hatte alles, was er brauchte.

Paul seufzte leise.

„Ich schwöre dir, Hans, es gibt bald Krieg. Goebbels hat es noch nicht gesagt, aber hör dir mal seine Reden an. Alle da oben sind ganz scharf auf Krieg", sagte er mit seinen Lippen dicht an Hans' Ohr geführt.

Hans zog Paul hastig in eine kleine Kammer, die von niemandem genutzt wurde, und schloss die Tür.

„Wie kommst du denn auf so einen Unfug? Die Nazis hassen die Kommunisten, ja, aber Krieg? Wir sind dank Versailles nicht halb so gut ausgerüstet, wie wir es bräuchten!", zischte er aufgebracht.

„Aber du hast selbst gesehen, dass Rohmaterial für Waffen gekauft wurde", erwiderte Paul, „und warum, glaubst du, gibt es hier Tag für Tag mehr Rekruten? Reiter bildest du doch nicht einfach so zum Spaß aus! Da ist was im Busch!"

Hans hob in einer hilflosen Geste die Arme.

„Das mag sein, aber auch die Weimarer Republik hat Soldaten ausgebildet oder hast du vergessen, wer uns eingestellt hat? Und die haben auch keinen Krieg angefangen."

Paul schüttelte den Kopf und packte Hans fest an den Schultern.

„Mensch, Hans, du bist doch nicht blöd! Oder willst du es nicht sehen? Die Demokraten war einfach nicht lange genug an der Macht. Vielleicht hätte sie einen Krieg angefangen, vielleicht auch nicht. Das kann niemand von uns orakeln, aber die Nazis werden Krieg führen, das ist so sicher wie das Amen in der Kirche. Denk an meine Worte, wenn wir in ein paar Jahren in den Krieg ziehen."

Ein Teil von Hans musste Paul recht geben. Nicht nur, dass Paul eine gute Auffassungsgabe besaß, er hatte auch meistens recht mit dem, was er vermutete, das war schon seit Jahren so. Der andere Teil von Hans wollte ihm nicht recht geben. Er hasste Krieg, er verabscheute Gewalt und er hatte schon genug damit zu hadern, dass er hier wieder schießen hatte lernen müssen. Hans fluchte und schlug sich die Hände vor das Gesicht.

„Man, ich habe keine Lust, in den Krieg zu ziehen. Als ich damals zur Armee bin, habe ich mich auch damit getröstet, dass wir sowieso so bald keinen Krieg führen werden und ich meine Ruhe am Schreibtisch habe." Er fuhr sich mit den Händen durch das Gesicht und massierte seine Schläfen, während Paul ihn mitleidig dabei beobachtete.

„Deinen Pazifismus in allen Ehren, mein Freund, aber du weißt selbst, dass das eine reichlich naive Einstellung war, oder? Zur Armee gehen und dann nicht kämpfen wollen ..."

Seufzend ließ Hans den Kopf hängen.

„Ich war jung, was erwartest du? Bis jetzt hat es immerhin ganz gut geklappt. Wir hätten so viel wie heute gar nicht aufrüsten dürfen und bei den Zahlen von damals hätte ich niemals geglaubt, dass wir so bald wieder in den Krieg ziehen. Jetzt hoffe ich einfach, dass du ausnahmsweise mal unrecht hast und es keinen Krieg gibt."

Paul lächelte, zuckte mit den Schultern und klopfte Hans auf die Schulter.

„Da stimme ich dir zu, aber auch nur ausnahmsweise. Jetzt komm, lass uns zum Essen gehen. Wenn wir zu lange fehlen, regen sich die Vorgesetzten wieder auf." Paul streckte seinen Kopf aus der Kammer und prüfte die Umgebung. „Komm, gerade ist keiner unterwegs. Lass uns gehen. Die Luft ist rein."

Hans schlüpfte Paul hinterher und setzte sofort einen möglichst entspannten Gesichtsausdruck auf. Bisher waren sie damit nicht aufgefallen und das sollte auch möglichst so bleiben.

17. April 1940

Seit fast einem Jahr herrschte nun tatsächlich Krieg und Hans war froh, dass er nicht an die Ostfront versetzt worden war. Die Truppenverbände, die dort kämpften, waren meist langjährig aktive Divisionsverbände. Vermutlich waren sie als nunmehrige Ausbilder auch noch zu kostbar gewesen, um sie ohne Not an die Front zu schicken. Er und Paul, und natürlich auch alle anderen Rekruten und fertigen Reiter weilten dagegen noch immer im Saarland auf dem Hof, auf dem auch sie einst ihre Ausbildung genossen hatten. Mittlerweile waren sie beide selbst Ausbilder für die nächsten Rekruten und hatten schon viele Reiter und Gespannführer kommen und gehen sehen. Einige Rekruten aus ihrer Ausbildung unterstützen Infanterieeinheiten im Osten, aber soweit Hans informiert war, war noch keiner von ihnen direkt an die Front gekommen, geschweige denn dort gefallen.

Hans kam gerade aus dem Stall. Er hatte wieder mal einen Nachmittag bei Sirene verbracht, wie in letzter Zeit so oft. Genau genommen verbrachte er die meiste Zeit hier bei ihr, wenn er nicht gerade im Dienst war. Jetzt ritt er die Stute schon fast acht Jahre lang und er vergötterte sie. Nichts tat er lieber, als sie zu striegeln und zu verwöhnen, aber gerade als Ausbilder wartete auch Papierkram auf ihn.

In seinem Büro machte er es sich auf seinem Stuhl bequem und griff nach einem Stapel Briefe, die jemand hier abgelegt haben musste. Ein paar Versetzungsanträge neuer Rekruten waren darunter, die Hans zur Seite legte. Der letzte Brief machte ihn neugierig, denn er war an ihn persönlich adressiert und nicht an den Ausbildungsstab. Wer ihn wohl privat anschreiben mochte? Er musste zumindest seinen

Arbeitsort kennen und der Brief war maschinell erstellt, ein Brief von zu Hause war es dann eher nicht.

Er überflog die Zeilen rasch und schloss für einen Augenblick die Augen. Sein Mund war merkwürdig trocken und das Schlucken fiel ihm schwer. Jetzt war es so weit. Dass es irgendwann dazu kommen würde, war Hans völlig klar gewesen. Eigentlich wunderte er sich im Nachhinein, dass es so lange gedauert hatte. Doch natürlich war er auch froh darüber gewesen. Jetzt würde er sich nicht mehr drücken. Er hielt seinen Marschbefehl in der Hand.

Das Wetter war klar und warm. Es begünstigte den Angriff, den die Generalität in den letzten Tagen festgelegt hatte. Die Luftwaffe flog schon den ganzen Tag Angriffe gegen die Franzosen, während die Bodentruppen sich darauf vorbereiteten, den Nachmittagsangriff zu koordinieren, Übergangsstellen auszukundschaften und dann Pontonbrücken für die Fahrzeuge zu schlagen. Material für die Brücken wurde herbeigeschafft und die Fahrzeuge in Position gestellt, um die Brücke dann möglichst schnell überqueren zu können.

Hans hatte Glück und musste als Oberfeldwebel keine schweren Teile schleppen, sondern war mit der Koordinierung der Bauteile einer Pontonbrücke betraut worden. Zu seiner Zufriedenheit gehörte seine Division nicht zur ersten Welle der Angriffe, sondern bildete vorerst eine Reserve. Er hatte den Mittag damit verbracht, sicherzustellen, dass alle Einzelteile herbeigeschafft und auf einen Soldaten verteilt wurden, damit die Brücke schnell gebaut werden konnte, sobald der Befehl kam.

Der Fliegerlärm pfiff Hans in den Ohren und er wünschte sich zu seiner Stute Sirene. Die Pferde standen einige hundert Meter weiter weg, um nicht von dem Fliegerlärm gestresst zu werden, und warteten auf ihren Einsatz. Hans wünschte sich, ein Pferd zu sein, aber immerhin hatte er bisher noch keine Waffe in die Hand nehmen und jemanden töten müssen. Er hoffte, dass es auch so bleiben würde.

Gegen Nachmittag ebbte der Fliegerlärm langsam ab, als Hans einen Befehl von seinem Zugführer erhielt. Er zeigte ihm die Stelle, die er für die Pontonbrücke über die Maas vorgesehen hatte, wonach Hans seinen Untergebenen Befehle zubrüllte. Langsam, aber stetig nahm die Pontonbrücke Gestalt an und die ersten Panzer reihten sich schon auf, um die Brücke gleich nach Fertigstellung zu überqueren. Hans überwachte die Vorgänge akribisch, gleichzeitig war er aber in Gedanken weit weg. Wo Paul wohl gerade war? Sie waren in verschiedene Divisionen versetzt worden und er hatte seit der Reise nach Frankreich nichts mehr von ihm gehört, obwohl beide Divisionen nahe beieinander operierten. Als er die jungen Kerle sah, die die Pontonteile schleppten, dachte er auch an seinen kleinen Bruder. Julius hatte er jetzt schon einige Jahre nicht mehr gesehen, aber er war sich sicher, dass er für das Reich kämpfte. Wie es ihm wohl ging? War er noch überzeugter Nazi? War er vielleicht irgendwo hier und Hans wusste es nicht?

Er schüttelte die Gedanken ab und suchte in dem Gewusel aus Soldaten seinen Vorgesetzten, Hauptmann Müller. Schließlich fand er ihn flankiert von zwei Sanitätern, die gerade auf ihn einredeten. Als er endlich frei war, meldete sich Hans an.

„Herr Leutnant, ich würde gerne zu den Stellungen gehen und Sirene holen. Die Pontonbrücke ist im Aufbau und wir können die Maas bald queren."

Hauptmann Müller musterte Hans mit gerunzelter Stirn.

„Sie wollen was tun, Oberfeldwebel Schneider? Eine Sirene herbeiholen? Welchem Zweck soll das dienen?"

Hans biss sich auf die Lippe und unterdrückte einen Seufzer.

„So heißt meine Stute, Herr Leutnant. Ich möchte mein Pferd mit über die Maas nehmen."

Leutnant Müller hob eine Augenbraue.

„Ach ja, von mir aus können Sie den Gaul holen, aber beeilen Sie sich. Sorgen Sie dafür, dass alle vollständig sind, sobald wir die Maas überqueren können, Oberfeldwebel."

„Jawohl, Herr Leutnant", Hans grüßte und eilte davon.

Einige seiner Kameraden schienen sich ebenfalls abgemeldet zu haben, denn er war nicht der Einzige, der sein Pferd abholte. Er erkundigte sich beim, zufällig anwesenden Veterinär kurz über Sirenes Gesundheit, aber laut ihm sprach nichts dagegen, das Pferd mit über den Fluss zu nehmen. Also sattelte er Sirene mit geübten Handgriffen und stieg auf. Vom Pferderücken aus hatte er gleich einen viel besseren Überblick. In der Ferne konnte er die Pontonbrücke erkennen und seine zahlreichen Kameraden, die an ihrem Bau mitwirkten. Er klopfte Sirene zärtlich auf den Hals.

„Na, dann komm, schauen wir mal, ob wir heil über die Brücke kommen, meine Schöne. Hoffen wir, dass wir vom Kugelhagel verschont bleiben." Mit den Füßen trieb er die Stute an und sie lief in gemütlichem Tempo zwischen den Soldaten hindurch, zwei anderen Pferden hinterher.

Die französischen Soldaten schienen sich an dieser Stelle längst zurückgezogen zu haben. Der Bau der Behelfsbrücke und der Übergang der verschiedenen Truppenteile ging völlig reibungslos. Auch als er nahe an der Maas war, konnte er keinen Schlachtlärm hören. Gemächlich schritten sie neben Fußsoldaten her, hinter ihnen fuhr ein Panzer II. Nur ab und zu scheute ein Pferd, wenn einer der Panzerkampfwagen zu nahe herankam oder vorbeifuhr. Hans ritt am Ufer entlang und ließ die Landschaft Frankreichs auf sich wirken. Wenn gerade kein Krieg herrschte, war es bestimmt erfrischend, an der Maas entlangzureiten. Die Natur war hier und jetzt arg in Mitleidenschaft gezogen worden. Kaum noch Bäume standen am Ufer und man konnte weit in die Ferne sehen. Am Horizont erkannte Hans Umrisse von Häusern, die sicher ein Dorf bildeten. In Friedenszeiten war es gewiss idyllisch hier.

Die Sonne stand schon tiefer am Himmel und die 20-Tonnen-Brücke war so gut wie fertig, aber seine Soldaten sahen müde aus. Niemand ließ sich aus Angst vor Diszilinarmaßnahmen etwas anmerken, doch Hans konnte es in ihren Gesichtern lesen.

20. Juli 1941

Der Frankreichfeldzug war für das deutsche Militär ein voller Erfolg gewesen. In nur wenigen Wochen hatten sie Paris eingenommen und Hans hatte es sich nicht nehmen lassen, bei einem Händler ein kleines Souvenir zu kaufen: einen kleinen, eisengegossenen Eiffelturm. Der würde ihn ein Leben lang an dieses dreckige, laute Abenteuer erinnern. Zwar war er nicht in Lebensgefahr gekommen, aber er war trotzdem froh, nun kein Teil einer Offensive mehr zu sein. Vielleicht war für ihn der Krieg sogar vorbei. Nun war er mit einem kleinen Teil seiner Kompanie auf dem Heimweg. Teile seiner Division waren direkt nach dem Frankreichfeldzug nach Norwegen geschickt worden, er hatte Glück gehabt. Nach einem kleinen Zwischenstopp in der Pfalz würde er wieder als Ausbilder an seine alte Wirkungsstätte zurückkehren und erneut Rekruten für die Wehrmacht ausbilden.

Für die nächsten paar Wochen würde seine Heimat allerdings Ludwigshafen heißen. Er hatte nichts Genaues dazu erfahren, vermutete aber, dass das OKW ein paar Divisionen in der Nähe von Frankreich wissen wollte, falls noch etwas passierte.

Gerade im Zuge der Kriegsvorbereitungen hatte Hans schon mal etwas von Ludwigshafen gehört. Dort saß die I.G. Farben, die rege in die Kriegswirtschaft eingebunden war, aber gesehen hatte er die Großstadt am Rhein noch nie.

Umso überraschter war er, als er in Rheingönheim ankam. Weil hier noch recht viele Bauern lebten, war ihm mit Sirene ein Platz hier zugeteilt worden, sodass er Sirene in einem nahegelegenen Stall unterbringen konnte. Von einer Industriestadt hatte er eigentlich etwas anderes erwartet, aber Rheingönheim glich eher noch einem Bauerndorf.

Hans war bei einem jungen Paar untergebracht, die ungefähr so alt waren wie er selbst. Sie hatten einen kleinen Jungen, um den sich die Mutter liebevoll kümmerte, und der Vater war ein Mitarbeiter der Stadtverwaltung. Der Stall war ein glückliches Überbleibsel aus der Zeit, als Erichs Eltern noch einen bäuerlichen Betrieb geführt hatten. Viele ehemalige Ställe hatte Erich zu Wohnraum umgebaut, sodass sie komfortabel wohnten und Hans sogar ein eigenes Zimmer bekam.

Abends unterhielten Hans, Erich und seine Frau Elisabeth, genannt Lisa, mit Geschichten aus Frankreich, den kleinen Eiffelturm hatte er auf seinen Nachttisch gestellt. Erich lauschte den Geschichten begeistert, war aber froh, selbst nicht an die Front zu müssen. Als Angestellter bei der Stadt war er vom Kriegsdienst befreit worden, zumindest vorerst. Die drei verstanden sich bestens und Hans freundete sich auch mit dem Jungen, Peter, an. Peter hing stets an seinen Lippen, wenn er vom Krieg erzählte. Er wollte auch Soldat werden und Hans wünschte sich insgeheim, dass der Krieg niemals lange genug gehen mochte, um Peter in den Krieg ziehen zu sehen.

Heute war Sonntag und alle schon beim Frühstück beisammen, unter der Woche eine Seltenheit. Erich saß Hans gegenüber und gähnte herzhaft, als er sich das Brot schmierte und abbiss.

„Sag mal, du kennst die Gegend hier überhaupt nicht?", fragte Erich zwischen zwei Bissen und musterte Hans neugierig.

Hans schüttelte den Kopf.

„Ich habe von Ludwigshafen immer nur gelesen, aber ich bin noch nie hier gewesen, stimmt. Warum fragst du?"

„Was hältst du davon, wenn wir heute einen Ausflug machen und dir die Gegend zeigen? Wir waren schon eine ganze Weile nicht mehr im Hindenburg-Park. Das wäre zwar Mannheim und nicht Ludwigshafen, aber es ist einfach der schönste Park in der Gegend. Man glaubt dort nicht, dass man so nah an der I.G. Farben ist", schlug Erich vor und Lisa nickte bekräftigend.

„Wir gehen da so oft hin, wie es uns möglich ist. Alle hier aus Ludwigshafen. Das wäre schön." Hans hob die Schultern und schenkte sich Kaffee nach.

„Naja, wieso eigentlich nicht? Ich müsste nur Sirene noch kurz mit Futter versorgen, dann können wir gerne für ein paar Stunden einen Ausflug machen."

Erich grinste spitzbübisch.

„Sag', Hans, hast du denn auch Lust, meine Schwester kennenzulernen und meine Mutter? Die beiden sind auch sehr gerne im Hindenburg-Park und ich könnte den Sonntag mal wieder für ein Treffen nutzen. Wir sehen uns so selten, seit ich geheiratet habe."

Er warf Lisa einen amüsierten Blick zu, die entschuldigend lächelte und eine Hand an ihren Bauch legte. Hans traute sich nicht, zu fragen, aber er vermutete, dass Lisa schwanger war.

„Ja. Dann gehe ich schnell zu Sirene und du gehst zu deiner Schwester?", fragte Hans und legte den Kopf schief.

„Ich radle schnell zu ihr und bringe sie dann vielleicht gleich mit. In den Hindenburg-Park können wir dann mit der Straßenbahn fahren", bestätigte Erich und hob die Hand zum Abschied.

Hans half Lisa noch, das Geschirr abzuräumen und entschuldigte sich dann, um sein Pferd zu versorgen. Neben ein paar Karotten aus dem Garten machte er Sirene einen kleinen Haferhaufen zurecht und wechselte das Stroh. Peter, der begeistert von der Stute war, half ihm dabei.

Als sie fertig waren, gingen sie wieder ins Haus, um sich die Hände in der Waschschüssel zu säubern. Die Stute beachtete sie gar nicht, als sie gingen, sondern war schon mit Essen beschäftigt. Lisa war noch immer in der Küche und lächelte, als Hans ins Haus kam.

„Willst du deine Uniform tragen?", fragte sie und wandte sich Hans zu.

„Nein, das hatte eigentlich nicht vor. Warum fragst du?" Hans kam zu ihr in die Küche und lehnte sich gegen die Zeile, Lisa schmunzelte.

„Ach weißt du, Erichs Schwester Marie hat noch keinen Ehemann und ich befürchte, so wie er vorhin geschmunzelt hat, dass er sich davon etwas erhofft."

Hans runzelte die Stirn und verschränkte die Arme vor der Brust.

„Macht Erich das denn öfter?"

Lisa hob die Schultern und wiegte den Kopf hin und her.

„Ab und zu schon, ja. Er wünscht sich einfach einen Partner für seine Schwester. Sie ist schon lange alleine."

Hans schüttelte ungläubig den Kopf und seufzte.

„Naja, rückgängig machen kann ich es wohl nicht mehr. Dann lerne ich die Dame eben kennen, aber versprechen will ich nichts. Seine Stimme stockte und der Kloß in seinem Hals wurde größer. Obwohl es schon einige Jahre her war, hatte er … Was redete er denn da? Wollte er überhaupt jemanden kennenlernen? Es war mitten im Krieg! Und Hedwig hatte er noch immer noch gänzlich vergessen. Alarmiert ließ Lisa alles liegen und berührte ihn sanft am Arm.

„Hans, was ist denn? Ist alles in Ordnung mit dir?"

Hans schüttelte den Kopf und würgte den Kloß hinunter. Tränen standen ihm in den Augen. Lange hatte er schon nicht mehr an Hedwig gedacht und noch länger war er nicht mehr an ihrem Grab gewesen.

„Ich ... ich bin Witwer", brachte er hervor und Lisa schlug ihre Hände vor den Mund.

„Oh nein, und ich dachte, du hättest durch den Krieg einfach noch nicht die Richtige gefunden. Ach, Hans!"

Hans fuhr sich mit den Händen durch das Gesicht und atmete tief durch, um die Gedanken wieder zu vertreiben.

„Darf ich dich fragen, wie lange das schon her ist? ", fragte Lisa vorsichtig.

„Lange", seufzte Hans, „wir waren beide Anfang zwanzig. Hedwig und ich waren gerade frisch zusammen, dann hat der Krebs sie befallen. Wir haben geheiratet", er stockte, „wir haben geheiratet, weil es ihr größter Wunsch war, verheiratet zu sein, bevor der Krebs sie holt."

Lisa schluchzte und wischte sich Tränen von den Wangen.

„Darf ich dich umarmen?"

Hans nickte und Lisa drückte ihn fest an sich.

„Das tut mir so leid, Hans. Du bist so ein guter Mann. Das Mädchen kann sich glücklich schätzen, ausgerechnet an dich geraten zu sein."

Hans drückte Lisa kurz, dann schob er sie von sich.

„Danke für dein Mitgefühl, Lisa aber lass uns das nicht mehr heute bereden. Das muss die junge Frau nicht als erstes von mir wissen. Ich habe getrauert und nun ist Zeit für einen Neuanfang. Lange habe ich mich mit Arbeit und Krieg abgehängt, aber jetzt, wo mir das Schicksal eine Möglichkeit präsentiert, will ich sie ergreifen. Wenn sie mir gefällt."

Lisa nickte und griff nach einem schmalen Gürtel mit Täschchen.

„Das ist schön, Hans. Sag, bist du denn schon fertig? Die drei müssten gleich wieder da sein."

Hans sah an sich hinunter und zupfte sein Hemd zurecht.

„Meinst du, ich soll meine Uniform anziehen? Oder Hemd und Hose?"

Lisa überlegte einen Augenblick.

„Also ich glaube, in Uniform siehst du sehr schick aus. Du solltest sie tragen. Das wird ihnen gefallen. Da bin ich mir sicher."

Hans warf einen skeptischen Blick auf die Uhr, den Lisa bemerkte.

„Ich halte sie schon hin, geh schnell in dein Zimmer und zieh dich um."

Hans nickte und beeilte sich, ins Zimmer zu kommen. Zum Glück lag seine Uniform immer griffbereit für die Abende mit seiner Kompanie, deshalb brauchte er nicht lange, um sich umzuziehen. Er strich noch seine Haare glatt, dann straffte er die Schultern und kam wieder in die Stube.

Dort saßen schon zwei weitere Frauen mit Erich am Tisch, eine ältere Dame und eine junge Frau. Hans neigte zur Begrüßung den Kopf und lächelte. Erich kam zu ihm und klopfte ihm auf die Schulter.

„Mama, Marie, das ist Hans, von dem ich euch erzählt habe. Er wohnt bei uns und er wird uns heute in den Hindenburg-Park begleiten, er soll auch mal was von der Gegend kennenlernen."

Marie stand auf, sie war fast so groß wie Hans, und reichte ihm die Hand. Hans fiel gleich ihr modischer Hut auf, der farblich passend zu ihrem hellblauen Kleid war. Sie wusste, wie man sich adrett kleidete.

„Hallo Hans, freut mich, dich kennenzulernen."

Er erwiderte den Gruß und griff sich an den Kragen. Von Marie gemustert zu werden, ließ ihn schwitzen. Nachdem er auch ihre Mutter Elsa begrüßt hatte, machten sie sich auf zum Spaziergang zur Straßenbahn.

Hans lief neben Erich, der amüsiert und entspannt wirkte. Eine Straßenbahn kannte Hans nur aus der Stadt und er hatte sie bisher noch nie benutzt, er war nervös.

Die Haltestelle war voller Menschen, die ihren freien Tag nutzen und mit der Straßenbahn in die Stadt fahren wollten.

„Meinst du, du erträgst die lange Fahrt nach Mannheim?", witzelte Erich und stieß Hans einen Ellenbogen in die Seite.

Hans verdrehte die Augen und verschränkte seine Arme.

„Ich habe dir vorhin schon gesagt, ich kenne das! Ich bin nur noch nie mitgefahren."

Marie, die mit etwas Abstand neben ihm stand, klinkte sich in die Unterhaltung ein.

„Bist du also ein Landkind, Hans?"

„Ich bin auf dem Land aufgewachsen, ja, aber ich habe in der Stadt gearbeitet, bis ich nach Frankreich gehen musste."

Marie musterte ihn lächelnd, weshalb wieder Hans heiß wurde.

„Auf der Fahrt musst du mir unbedingt von Frankreich erzählen. Ich war leider noch nie dort, aber vielleicht ergibt sich nach diesem unsäglichen Krieg ja eine Möglichkeit."

„Marie reist gerne", bemerkte Erich überflüssigerweise und schmunzelte.

Marie knuffte Erich in die Seite und seufzte.

„Ich brauche dich nicht als Kuppler, ja? Am besten kümmerst du dich um Mutter und lässt mich in Frieden. Ich würde gerne einfach mal einen Menschen kennenlernen, ohne, dass du mich verheiraten willst."

Erich zog lachend den Kopf ein und entfernte sich von seiner Schwester, um ihren kneifenden Händen auszuweichen. Hans schmunzelte.

„Ich reise auch gerne", griff er das Thema auf, „allerdings sind die Gründe meiner Reisen in letzter Zeit nicht gerade erfreulich."

Marie nickte verständnisvoll.

„Dieser unsägliche Krieg. Willst du trotzdem von Frankreich erzählen oder ist dir das zuwider?"

Hans hob die Schultern und legte die Stirn in Falten.

„Natürlich kann ich dir von Frankreich erzählen, aber gesehen habe ich davon nicht viel. Jeden Tag sind wir nur geritten, haben uns versteckt, haben gekämpft ... Nur Paris, das war wirklich schön."

„Dann erzähle mir von Paris! Irgendwann möchte ich auch dort hin ... Berlin war schon so unfassbar groß, Paris muss noch viel erstaunlicher sein." Maries Augen glänzten vor Freude und Hans war beeindruckt.

Er kannte nicht viele, die reisten, und schon gar nicht in die Hauptstadt. Er selbst war noch nicht dort gewesen, da hatte Marie ihm etwas voraus.

„Na gut, ich erzähle von Paris. Aber nur, wenn du mir im Gegenzug von Berlin erzählt. Dort war ich noch nie und würde gerne einmal hin, wenn der Krieg aus ist."

Marie schmunzelte und rückte näher an Hans heran.

„Wie gut, dass die Bahnfahrt so lange ist. Schau, da kommt sie! Lass uns nebeneinandersitzen und erzählen."

19. September 1941

Sich mit Marie zu unterhalten, war leicht. Sie war gebildet und interessiert und stellte fast pausenlos Fragen. Hans fühlte sich wohl in der Rolle des Erklärenden, obwohl er auch gerne sie reden hörte. Deshalb fragte er viel zurück und lauschte ihren Erzählungen von ihren Reisen. Marie war schon viel in Deutschland herumgereist und erzählte die erstaunlichsten Dinge – sogar Berlin hatte sie schon gesehen! Ein ewiger Traum, den sich Hans irgendwann noch erfüllen wollte.

Er verbrachte öfter Zeit mit ihr, wenn die Kompanie ihn gerade nicht forderte, was er genoss. Erich registrierte den Umstand, dass Hans manchmal nur noch zum Essen da war, mit Wohlwollen. Nach den ersten Tagen hörte er allerdings auf, Hans nach jedem Treffen zu löchern, denn Hans reagierte jedes Mal einsilbiger auf Erichs Nachfragen. Außerdem sorgte Lisa dafür, dass Erich nicht mehr so viele Gelegenheiten zum Nachfragen bekam, indem sie ihm immer mehr Aufgaben rund um das Haus auftrug.

Heute wollte Hans den Nachmittag nutzen und Marie in ihrem Laden besuchen. Um jeden Tag, den er nicht an die Front gerufen wurde, war er froh. Er genoss es, nur auszubilden und wenigstens für sein Gewissen die Kriegsschuld von sich zu schieben, obwohl er Militärangehöriger war. Die Nachrichten von der Front weckten in ihm – im Gegensatz zu einigen seiner Kameraden – gerade nicht den Wunsch, dorthin zu gehen und das Vaterland gegen den Bolschewismus zu verteidigen.

Der Laden, den Marie zusammen mit ihrer Mutter führte, lag am anderen Ende von Rheingönheim direkt am Feld. Wie immer, wenn er mit dem Rad durch Rheingönheim fuhr, staunte Hans. Dieser

Stadtteil von Ludwigshafen war noch sehr dörflich und auch die Einwohner hatten die Dorfstruktur noch verinnerlicht. Zu Ludwigshafen gehörten sie noch nicht lange, genossen aber die Annehmlichkeiten wie ihre Straßenbahnhaltestelle. Das Schnuppern der Stadtluft war auch für Hans neu und er liebte es.

Im Laden herrschte reger Betrieb, als er ihn betrat. Zwei ältere Damen ließen sich gerade von Maries Mutter Elsa beraten, während Marie an der Kasse stand und schrieb. Als die Tür ging, sah sie auf und lächelte Hans zu.

„Hast du es nicht mehr ausgehalten bei Erich und Lisa?"

Hans schloss die Tür hinter sich und lehnte sich an den Tresen.

„Ach, so schlimm sind die beiden ja gar nicht, im Gegenteil. Ich bin eigentlich hier, um dich zu fragen, ob du Lust auf einen Spaziergang hast. Das Wetter ist toll und ich habe frei."

Marie deutete auf das Büchlein vor ihr.

„Ich muss gerade noch die Abrechnungen machen, dann kann ich Mutter vielleicht erweichen. Willst du so lange warten?"

Hans warf einen kurzen Blick auf Elsa und die beiden Kundinnen, die in ein Gespräch vertieft waren.

„Wie lange dauert es denn?"

Marie zuckte mit den Schultern und warf einen kurzen Blick auf ihr Geschriebenes.

„Ich bin gleich fertig, denke ich. Wenn die Ergebnisse zueinander passen, dauert es nur noch ein paar Minuten."

„Dann warte ich noch schnell", beschloss Hans, lächelte und wandte sich von Marie ab, um sich die Zeit zu vertreiben. Er betrachtete das Sortiment und kam nicht umhin, das Gespräch der älteren Damen zu belauschen.

Sie kamen aus der Stadt hier her, weil Lebensmittel auf dem Land – oder was vor kurzem noch Land gewesen war – einfacher zu bekommen waren. Der Laden führte viele alltägliche Dinge für den Haushalt in Kleinstmengen, die sie zu Pfennigbeträgen verkauften. Hans entdeckte viele Marken, die er auch schon in seiner Heimat gekauft hatte, aber auch Neues. Er sinnierte gerade darüber, ob ihm diese italienischen Nudeln schmecken würden, als ihm Marie auf die Schulter tippte.

„Bekommst du etwa Hunger, wenn du hier stehst? ", fragte sie mit einem amüsierten Grinsen.

„Ich habe gerade darüber nachgedacht, ob diese Nudeln hier schmecken. Ich habe noch nie etwas aus Italien gegessen", gestand Hans und fühlte sich sofort kleinbürgerlich.

„Nudeln schmecken sehr lecker, ich habe mal welche gegessen. Das ist wohl der Vorteil, wenn man ein Lebensmittelgeschäft führt. Vielleicht kann ich sie dir bald mal zubereiten." Marie zwinkerte und begleitete Hans an die frische Luft, der einen leichten Rotschimmer auf den Wangen hatte.

„Also bist du für heute fertig?", schlussfolgerte Hans. Sein Hals war seltsam trocken und sein Herz klopfte wild gegen seinen Brustkorb. Wurde er wohl krank?

Marie hakte sich bei ihm unter und lächelte ihn an.

„Ja, Mutter kann den Rest alleine machen heute. Jetzt kommen nicht mehr viele Kunden, heute morgen war viel mehr los."

Sie schlugen den Weg über die Felder ein, entgegengesetzt zur Stadt. Hier verbrachten sie ihre Freizeit am liebsten, weitab vom Trubel.

„Du warst diese Woche ausbilden, richtig?", fragte Marie, während sie an einem Feld abbogen und Wiesen ansteuerten – dort war es nicht so staubig.

„Ja, das nimmt immer mehr Zeit in Anspruch", bestätigte Hans. „Das Oberkommando will immer mehr ausgebildete Pferde und Reiter und wir sind für beides verantwortlich. Das verschafft uns natürlich auch immer mehr Arbeit."

„Aber Sirene bleibt hier, solange du nicht wieder versetzt wirst, oder?", hakte Marie sofort nach. Hans schmunzelte. Marie liebte sein Pferd und kümmerte sich in jeder freien Minute um sie. Von wem ihr die Trennung wohl schwerer fallen würde, sollte er an die Front müssen?

„Ja, Sirene bleibt bei mir, wo auch immer ich hin versetzt werde. Ich hoffe, ich muss nicht mehr an die Front." Nachdenklich blickte Hans in die Ferne. „Ich habe nicht geglaubt, dass dieser Krieg ausbricht und ich bin meinem Freund Paul so dankbar, dass er mich rechtzeitig zur Reiterausbildung mitgenommen hat. Vielleicht wäre ich sonst noch länger an die Front gekommen, wäre jetzt schon längst dort. Dass ich mich ganz davor drücken kann, glaube ich nicht."

Marie seufzte und berührte ihn sanft an der Schulter, eine Geste der Anteilnahme.

„So geht es bestimmt einigen. Viele sind damals zur Armee, nicht?"

Wie immer war Hans überrascht davon, wie viel Durchblick Marie hatte und was sie alles wusste.

„Stimmt, das war damals einfach eine lukrative und sichere Möglichkeit, die Familie durchzubringen, aber ob das heute so viele bereuen, weiß ich nicht. Ich rede nicht viel im Dienst, zumindest nicht darüber. Ist vielleicht auch besser so ..."

„Das ist keine Überraschung", schnaubte Marie, „ich würde sowas auch nicht öffentlich sagen. Selbst hier im Dorf, wo jeder jeden kennt, haben wir Angst voreinander, schon jahrelang. Das ist einfach schrecklich, wie sich das alles entwickelt hat."

Hans nickte zustimmend.

„Das war bei uns auch so, schon vor 15 Jahren, als das langsam schlimmer wurde mit der SA und der NSDAP. Ich hoffe nur, dass das nicht zu uns zurückkommt. Wir greifen alle an und bisher geht es uns gut, aber ob das so bleibt?"

Sie schwiegen eine Weile und die Stimmung zwischen ihnen schien abzukühlen. Hans steckte die Hände in die Hosentaschen und dachte nach. Vor seinem inneren Auge erschienen Julius und Paul, von denen er länger nichts gehört hatte. Paul konnte er in den Akten wenigstens ein wenig und bruchstückhaft nachverfolgen, er kam bereits einmal wieder als Lehrgangsleiter hier her, wurde nach wenigen Wochen aber wieder an die Ostfront versetzt. Doch Julius hatte er seit Jahren nicht mehr gesehen oder etwas von ihm gehört. Auch seine Familie wusste nicht, wie es dem jüngeren Sohn ging. Hans seufzte und reckte sich.

„Lass uns über andere Dinge reden. Das Thema hebt die Stimmung nicht gerade."

„Nein, das tut sie nicht", stimmte Marie seufzend zu, „aber über was willst du schon reden, wenn die Zeitungen voll davon sind und jede Kundin uns von ihrem Mann an der Front erzählt?"

„Ja, da hast du natürlich recht." Hans seufzte resigniert. In den 20er Jahren hatte er sich noch viel über Technik unterhalten, über die Pariser Weltausstellung. Und heute? Nur noch Krieg und Tod. Nachdenklich starrte er in den Himmel. „Was willst du eigentlich nach dem Krieg machen?", fragte er schließlich. „Hast du schon Pläne? Wohin willst du reisen?"

Marie blickte ebenfalls in den Himmel.

„Darüber habe ich mir noch gar keine Gedanken gemacht. Ich meine, natürlich habe ich Wünsche, aber wer weiß schon, wie lange der Krieg uns noch verfolgt?"

Hans zuckte mit den Schultern.

„Naja, aber davon abgesehen, was sind deine Träume? Du sagtest, du hast welche."

Als Marie zu sprechen begann, nahm ihr Gesicht einen träumerischen Ausdruck an. Sie lächelte versonnen.

„Wenn es irgendwann wieder möglich ist, will ich nach Amerika! Mutter hat mir schon oft von der Titanic erzählt. Zum Glück wollte sie nicht damit fahren, aber stell' dir das doch nur mal vor! Auf einem ganz anderen Kontinent zu sein, das muss aufregend sein!"

Marie sah so glücklich aus, dass Hans gar nicht wagte, etwas zu sagen. Jedes Wort hätte den Moment nur zerstört, aber ihren Traum konnte er nachfühlen. Die weite Welt zu entdecken, war auch für ihn reizvoll – nach dem Krieg. Wenn man die Deutschen dann überhaupt noch im Ausland willkommen hieß.

„Und du? Was sind deine Träume, Hans?", riss Marie ihn aus seinen Gedanken.

Hans stockte einen Moment, bevor er die Sprache wiederfand.

„Nun, also reisen würde ich auch gerne. Mir geht es wie dir. Ich bin sogar bisher weniger gereist als du und irgendwann will ich natürlich auch ein Kind haben." Hans hatte das nur so vor sich hingesagt, aber als er Marie anschaute, wirkte sie skeptisch. „Was ist denn?", fragte er irritiert.

Marie entspannte ihre Körperhaltung, fixierte Hans aber noch ganz genau.

„Nun, weißt du, ich war mir nicht sicher, ob du das absichtlich erwähnt hast, mit den Kindern oder ob es einfach nur ein Wunsch von dir ist und du ehrlich geantwortet hast."

Hans legte eine Hand an sein Herz und straffte die Schultern.

„Ich schwöre, das ist ein Wunsch von mir! Den hatte ich auch schon, als ich gerade mal zwanzig war. Ich weiß gar nicht, von welcher Absicht du sprichst ..."

Marie schmunzelte und entspannte sich wieder sichtlich.

„Na gut, das will ich dir glauben. Du wirkst nicht so wie diese Hallodris aus dem Dorf, die mir Erich ständig präsentiert. Trotzdem, bilde dir nur nicht zu viel darauf ein."

„Mache ich nicht", versprach Hans und schmunzelte ebenfalls. Marie gefiel ihm jedes Mal mehr, aber sie war nicht einfach zu beeindrucken. Innerlich zuckte Hans zurück. Er wollte Marie beeindrucken? Hatte er das gerade wirklich gedacht? Vielleicht hatte er sich in die taffe junge Frau verguckt, aber nur ein kleines bisschen.

„Du bist mit den Gedanken schon wieder ganz weit weg, oder?", unterbrach ihn Marie abermals und Hans seufzte.

„Ja, tut mir leid. Ich bemühe mich, dass es nicht mehr vorkommt."

Marie wirkte nicht verärgert, deshalb traute sich Hans, eine Frage zu stellen, die ihm schon eine Weile auf der Seele brannte.

„Sag mal ... darf ich dich fragen, wieso du nicht verheiratet bist? Du hast eine nette Familie, du führst einen eigenen Laden und siehst doch adrett aus. Das sage ich jetzt ganz ohne Hintergedanken. Ich kann mir einfach nicht vorstellen, dass kein Mann schwach wird."

Marie verschränkte ihre Arme vor der Brust und runzelte die Stirn.

„Ich werde aus dir nicht schlau, Hans. Umgarnst du mich jetzt, oder nicht?" Sie trat einen Schritt zurück und blieb stehen, um Hans genau zu mustern.

Hans wandte sich zu ihr um und hob die Hände zur Verteidigung.

„Das ist wirklich nur ehrliches Interesse! Erich hat da keine Finger im Spiel und ich bin einfach nur neugierig. Großes Ehrenwort!"

Marie schien immer noch nicht überzeugt zu sein, sie knabberte auf ihrer Unterlippe herum und ließ den Blick auf Hans ruhen.

„Und du lügst mich wirklich nicht an?", fragte sie schließlich und ließ in ihrer Stimme eine Spur Unsicherheit erkennen.

„Nein, wirklich nicht. Ich will nicht leugnen, dass ich dich gerne habe, sonst würde ich keine Zeit mit dir verbringen wollen, aber das tue ich, weil ich es möchte, und nicht, weil mir jemand das sagt."

Marie löste ihre abwehrende Haltung ein stückweit und ein kleines Lächeln zierte ihr Gesicht.

„Danke für das Kompliment, das kann ich dir nur zurückgeben. Ich verbringe auch gerne Zeit mit dir, aber weißt du, es ist einfach eine Art Schutzmechanismus, wenn Erich mir ständig seine Freunde vorstellt in der Hoffnung, ich würde einen davon endlich heiraten ..." Sie seufzte resigniert und beide setzten ihren gemütlichen Spaziergang wieder fort.

„Ich kann mir vorstellen, dass so ein großer Bruder ziemlich auf die Nerven fällt", nahm Hans das Gespräch wieder auf, „aber willst du mir trotzdem verraten, woran es liegt? Ist es nur aus Trotz Erich gegenüber?"

Marie schüttelte den Kopf und lachte auf.

„Naja, vielleicht ein kleines bisschen schon", gab sie zu, „aber nicht nur. Du müsstest mal sehen, wen mir Erich präsentiert. Alles sind irgendwelche Hallodris, die nur ihre Arbeit im Kopf haben oder noch nie eine Zeitung aufgeschlagen haben ..."

„Und die sind alle nicht deine Kragenweite?", mutmaßte Hans und Marie nickte.

„Jedenfalls hat Erich mir bisher noch keinen Mann präsentiert, an dem ich Interesse gehabt hätte."

„Vielleicht solltest du ihm das mal sagen, damit er brauchbare Männer bringt", schlug Hans vor und Marie hob die Schultern.

„Habe ich, mehr als ein Mal, aber bisher hat es noch nicht geholfen", seufzte sie.

Eine Weile liefen sie schweigend nebeneinander her und hingen ihren eigenen Gedanken nach. Langsam wurde es kühl, der Abend kündigte sich an.

„Gehst du wieder arbeiten morgen?", fragte Marie schließlich.

„Ja, ich fahre gleich morgen früh wieder los und komme erst am nächsten Sonntag wieder."

Er erwartete eine Erwiderung von Marie, aber sie blieb stumm und schien nachzudenken, ihr Blick war starr nach vorne gerichtet. Hans gab sich einen Ruck und sprach aus, über was er schon länger nachgedacht hatte.

„Hast du denn Lust, mich mal dort zu besuchen? In der Nähe gibt es eine kleine Pension, da könnte ich ein Zimmer für dich besorgen, und ich bekomme sicher ein wenig Freizeit", schlug er vor.

Marie lächelte, dann kehrte der ernste Ausdruck aber wieder auf ihr Gesicht zurück.

„Ich weiß nicht, ob ich das einrichten kann. Ab und zu kann ich Mama im Geschäft alleine lassen, aber ich muss sie das erst fragen. Wenn sie ja sagt, komme ich dich gerne besuchen. Außerdem ...", sie blinzelte ihn unschuldig an, „wieso sollte die unverheiratete Frau den Witwer denn besuchen kommen?"

Hans hob eine Augenbraue, lächelte und bot ihr seinen Unterarm an.

„Dann frag deine Mutter. Ich freue mich, wenn du auf einen Besuch vorbeikommst. Vielleicht verstehen sich die Unverheiratete und der Witwer ganz gut, meinst du?" Er zwinkerte. „Und jetzt gehen wir wieder zurück, bevor wir noch im Dunklen nach Hause kommen und das Dorf Gesprächsstoff hat."

Grinsend hakte sich Marie ein. Federnden Schrittes machten sie sich auf den Weg zurück zu Maries Haus.

16. Februar 1942

Bis Marie eine Chance bekam, Hans an seiner Dienststelle zu besuchen, vergingen noch einige Wochen. Der Winter war angebrochen und die Menschen kauften immer mehr Vorräte. Erst, als der Winter im neuen Jahr zu Ende ging, wurde es wieder ruhiger und Marie konnte einen freien Tag für sich vereinbaren. Nun hatte sie Hans einige Wochen nur geschrieben und freute sich sehr darauf, ihn endlich besuchen zu können.

Sie war schon fast in dem Ort angekommen und die Bahnfahrt bis hier hin war mühsam gewesen. Fast zwei Stunden hatte die Fahrt gedauert und Marie war sehr froh, dass sie nun endlich gleich vorbei war. Ihr Rücken fühlte sich schon steif an, weshalb sie ihn probehalber durchstreckte – es schmerzte. Seufzend lockerte Marie ihre Arme und Beine, die vom langen Sitzen und Nicht-bewegen schon kribbelten. Bis die Bahn hielt, konnte sie ohne Schmerzen aufstehen und hievte ihren Koffer von der Gepäckablage herunter. Da sie die Einzige im Abteil war, half ihr niemand, weshalb sie sich unter leisem Fluchen den kleinen Finger einklemmte. Mit düsterer Miene schleppte sie den Koffer bis zu den Stufen, wo sie überlegte, wie sie den Koffer ohne Verletzungen die Treppen hinunterbekam. Oder sollte sie ihn einfach fallen lassen? Es waren ohnehin nur Kleider darin – kaputtgehen konnte nichts.

Plötzlich tauchte Hans vor ihr auf und Maries Laune besserte sich augenblicklich, sie lächelte.

„Soll ich dir mit dem Koffer helfen? Der sieht sperrig aus", bot er an und griff bereits danach.

„Oh ja, bitte. Der hat mich gerade schon Nerven gekostet", brummte Marie und ging an Hans vorbei, um ihm dabei zuzusehen, wie er den Koffer mühelos die Treppen hinuntertrug.

„Man könnte nicht meinen, du bliebst nur ein paar Tage, wenn man den Koffer betrachtet", schnaufte Hans und stellte den Koffer neben ihr ab.

Marie schwankte zwischen Grinsen und beleidigt sein.

„Eine Frau braucht eben, was eine Frau braucht", sagte sie um einen diplomatischen Ton bemüht und verkniff sich jegliches Grinsen.

Hans zuckte mit den Schultern, diskutieren war wie immer zwecklos.

„Wie wäre es, wenn wir den Koffer erst einmal in die Pension bringen, die ich für dich besorgt habe, und dann zeige ich dir ein bisschen die Gegend?", schlug er vor und nickte unbestimmt in die Weiten hinter dem Bahnhofsgebäude.

Nachdem Marie zustimmte, nahm Hans selbstverständlich den Koffer an sich.

„Das ist eine gute Idee. Ist die Pension weit von hier?", fragte sie und spazierte neben Hans her.

„Nichts ist weit von hier", Hans gluckste amüsiert, „der Ort ist sehr klein und besteht eigentlich nur aus unserem Gebäude, ein paar Einkaufsläden und ein paar Pensionen. Wir sind im Nu bei deiner Pension. Du wirst erstaunt sein."

Hans behielt recht. Sie konnten gerade einmal ein paar Worte über die Zugfahrt wechseln, bevor Hans ihr das zweigeschossige Haus präsentierte. An den Geländern hingen bepflanzte Blumenkästen, die das Haus einladend wirken ließen. Vor dem Haus begrüßte sie Frau Ebert, der die Pension gehörte. Die ältere, grauhaarige Dame trug eine Kittelschürze sowie ein Kopftuch und ihre Erscheinung wirkte resolut.

Frau Ebert zeigte Marie ihr geräumiges Zimmer für die nächste Woche und half ihr, den schweren Koffer in den zweiten Stock zu hieven.

„Aber den Hans, den bringen Sie nicht mit, nicht wahr?", erkundigte sie sich und klang dabei bemüht beiläufig.

„Nein, nein, natürlich nicht", sagte Marie schnell und spürte, wie ihre Wangen heiß wurden. „Wir werden uns nur am Tag sehen, Ehrenwort, Frau Ebert!"

Das stellte die Pensionswirtin zufrieden. Sie nickte und entließ Marie mit dem Hinweis, dass es jeden Morgen um acht Uhr Frühstück gäbe.

Marie bedankte sich und nahm die wichtigsten Sachen an sich: Ihre Ausweise und ein wenig Geld. Um alles andere würde sie sich auch später noch kümmern können. Dann schloss sie ihre Zimmertür und eilte hinunter zu Hans, der noch vor der Pensionstür wartete.

„Es tut mir furchtbar leid", entschuldigte sie sich, „aber Frau Ebert war sehr neugierig bezüglich meiner Abendgestaltung. Ich konnte nicht früher wieder herkommen."

Hans grinste, winkte ab und bot Marie seinen Arm an, wie immer, wenn sie irgendwo hin spazierten.

„Das macht doch nichts, ich habe nicht lange gewartet. Bist du jetzt fertig, damit ich dir den Ort ein wenig zeigen kann?"

Marie hakte sich ein und nickte.

„Ist Sirene auch da? Ich habe ihr extra Karotten mitgebracht von zu Hause – die mag sie doch so gerne."

Hans seufzte und schüttelte leicht den Kopf. Natürlich ging nichts ohne einen Besuch bei Sirene.

„Ja, Sirene ist auch da. Die können wir nachher auch besuchen gehen. Die Führung durch den Ort wird nicht lange dauern. Du weißt doch, er ist ziemlich klein."

Hans behielt auch dieses Mal recht, der Ort war schnell abgelaufen und Marie entschloss sich beim Vorbeigehen, am nächsten Tag dort den Einkaufsladen zu erkunden. Es war immer gut, zu sehen, was die Konkurrenz machte. Dann aber hielten sie endlich auf das große Grundstück zu, das etwas weiter abseits des Ortes war. Dennoch roch man es sofort – die Ställe beherbergten einfach zu viele Pferde, als dass man sie hätte nicht bemerken können.

Versteckt zwischen all den Bäumen war der Gebäudekomplex dennoch imposant, die Architektur klassizistisch und erhaben. Weil Hans wusste, wie sehr Marie Sirene liebte, schlug er auf dem Gelände gleich den Weg zu den Ställen ein. Marie hatte robuste Schuhe gewählt und auch sonst keine Angst, sich in den Ställen schmutzig zu machen, so war sie schon immer gewesen.

Sirene stand noch immer neben Pauls Hengst Ares, weshalb sie im Stall auf Paul trafen, der Ares gerade fütterte. Paul sah kurz auf und lächelte. Er legte das restliche Stroh in die Box, klopfte sich die Hände ab und reichte Marie seine Rechte.

„Du musst Marie sein, freut mich, dich endlich kennen zu lernen. Hans wird von Tag zu Tag unerträglicher, wenn er nichts von dir hört. Ich bin Paul."

Marie ergriff seine Hand mit einem schüchternen Lächeln, wonach Paul einen Kuss auf den Handrücken andeutete.

„Danke, mich freut es auch, dich kennen zu lernen", erwiderte Marie und senkte den Blick. „Hans hat schon viel von dir erzählt."

Paul verkniff sich ein Grinsen.

„Na, dann hoffe ich doch nur Gutes! Wie kommt es, dass du sie mit in den Stall bringst?", fragte er dann an Hans gewandt.

„Ich habe ein paar Karotten für Sirene dabei", antwortete Marie stattdessen und holte die Leckereien hervor. „Die wollte ich ihr unbedingt geben."

Es dauerte nur Sekunden, bis Sirene die Karotten gerochen hatte und ihren Kopf so weit es ging aus der Box streckte. Während Sirene die Karotten knabberte, streichelte Marie ihr sanft über den Hals, ein glückliches Lächeln im Gesicht.

„So, Marie ist also eine richtige Pferdedame. Was für ein Glück für sie, dann passt sie ja wunderbar zu dir." Paul grinste, während Hans ihm einen warnenden Blick schenkte und leicht den Kopf schüttelte.

Marie zog es vor, Paul einfach zu überhören und sich auf Sirene zu konzentrieren. Sie mochte die Stute sehr, die gleichzeitig ruhig und neugierig war und die sie schon hatte reiten dürfen.

„Welche Pläne habt ihr heute denn noch?", fragte Paul schließlich unverfänglich, weshalb Marie sich entschied, der Unterhaltung wieder aktiv zu folgen.

Hans hob gerade die Schultern, als sie sich ihnen wieder zuwandte.

„Ich wollte ihr ein bisschen zeigen, wo ich mich den ganzen Tag aufhalte. Dann mal sehen, je nachdem, wie spät es ist. Vielleicht schaffen wir noch einen Ausflug zur Burgruine, spätestens morgen."

„Was haltet ihr davon, wenn wir heute Abend ins Dorf gehen? Ich habe gehört, Berta hat wieder frisch geschlachtet", schlug Paul vor und strahlte.

Als Hans und Marie einen kurzen Blick miteinander tauschten, nickte Marie leicht.

„Na gut, dann lass uns nach Dienstschluss zu Berta gehen", beschloss Hans und Paul nickte zufrieden. „Wann hast du Dienstschluss?", fragte er dann.

„Um vier. Ihr könnt mich gerne einfach an der Pforte abholen und dann gehen wir rüber zu Berta", antwortete Paul.

Hans nickte und Paul verabschiedete sich von den beiden.

„Ich muss noch eine Übung abhalten, bis später." Damit ging er aus dem Stall, wonach Hans und Marie Zeit mit Sirene alleine hatten.

Am Nachmittag trafen sie sich wie verabredet erst mit Paul und gingen dann gemeinsam zu Bertas Stube. Paul trug noch seine Uniform. Hans und Marie hatten sich nach einem Nachmittag im Stall erneut frisch gemacht und umgezogen, damit sie keinen Stallgeruch in die Wirtschaft trugen.

Die drei betraten die Gaststätte. Berta hatte die holzgetäfelte Stube mit ein paar Blumen und Geweihen geschmückt, auf den Tischen lagen kleine Platzdeckchen. Sie waren die ersten Gäste und Berta ging auf sie zu.

„Guten Abend, die Herren und die Dame! Ihr habt Hunger, nehme ich an?"

„Ja, ziemlich großen sogar", antwortete Paul stellvertretend für alle und sie ließen sich von Berta zu einem Tisch bringen.

„Ich bringe euch gleich Karten. Darf es schon was zu trinken sein? Die Herren ein Bier?"

Hans und Paul nickten, wonach Berta sich an Marie wandte, die ein Wasser bestellte. Sie mochte keinen Alkohol. Berta eilte davon und als sie nur wenige Minuten später wiederkam, hatten sie bereits die Getränke auf dem Tisch. Während sie anstießen, eilte Berta schon wieder in die Küche, um das Essen zuzubereiten.

„Was habt ihr zwei Hübschen noch getrieben, während ich noch im Dienst war?", erkundigte sich Paul.

„Wir waren noch etwas bei Sirene", antwortete Hans und warf Paul einen warnenden Blick zu, aber Paul ließ sich davon nicht irritieren. Hans bereute es schon, Paul mit eingebunden zu haben, aber er hatte es den beiden zugesagt und nun saßen sie eben hier. Er hoffte, es würde nicht noch unangenehmer werden.

„Da haben sich wirklich zwei Pferdemenschen gefunden", stellte Paul fest, bevor er sich an Marie wandte. „Und, wie gefällt es dir hier? Du bist zum ersten Mal da, nicht?"

Marie nickte.

„Ich finde es hier eigentlich ganz nett. Ein wenig ruhig vielleicht, aber für die Pferde ist es sicher toll. Ich mag es auf dem Land."

„Und wie lange beehrst du uns mit deiner Anwesenheit?", fuhr Paul fort.

„Ich bleibe eine Woche. Ich habe ein Zimmer in der Pension von Frau Ebert."

„Und ich habe eine Woche Urlaub, bevor du fragst", ergänzte Hans und trank einen tiefen Schluck.

Paul nickte wissend.

„Das habe ich gesehen – ich kenne doch unsere Dienstpläne. Marie ist bei Frau Ebert bestimmt gut aufgehoben. Ich weiß von Freunden, dass sie das beste Frühstück im Dorf macht. Habt ihr schon Pläne für eure freie Zeit?"

Hans nickte und seufzte tief. Die Fragestunde war ihm langsam lästig.

„Wir werden uns wohl einfach die Gegend anschauen, aber es würde auch nicht schaden, wenn du weniger neugierig wärst."

Paul zog den Kopf ein und grinste verschmitzt.

„Tut mir leid. Weißt du, ich freue mich einfach. Meine Else sehe ich auch so selten und sie kann mich nicht besuchen kommen mit unseren Kindern." Er wandte sich seufzend an Marie. „Eigentlich bin ich einfach nur ein wenig neidisch, dass du deine Liebe hier haben kannst, aber ich gönne euch das, keine Sorge. Ich hoffe nur, dieser unsägliche Krieg bald vorbei ist und ich endlich nach Hause zu Else und den Kindern kann."

Maries Wangen waren gerötet, aber sie tätschelte Paul mitfühlend die Schulter.

„Das hoffen wir wohl alle. Ich bin sicher, du kannst bald zu deinen Kindern gehen. Sie vermissen dich bestimmt auch schon sehr."

Paul verdrückte eine Träne im Augenwinkel und räusperte sich, um den Frosch im Hals zu beseitigen.

„Ja, das hoffe ich doch."

„Ganz bestimmt tun sie das", bestärkte Hans seinen Freund und klopfte ihm ebenfalls auf die Schulter.

„So, genug von mir. Wie geht es bei euch weiter? Wann heiratet ihr?", fragte Paul energisch auf den Tisch klopfend.

Peinlich berührt senkten Hans und Marie ihre Blicke auf ihre jeweiligen Teller und Paul dachte für einen Augenblick nach, bevor er die Situation deuten konnte.

„Oh! Ich dachte, da wären schon Pläne. Tut mir echt leid", sagte er schnell.

Während Marie verkrampft ihren Teller fixierte, schüttelte Hans nur den Kopf.

„Bisher haben wir noch keine Pläne", murmelte er aus halb geschlossenen Lippen und stöhnte innerlich auf. Er hätte darauf wetten können, dass Paul es ihm unbedingt verleiden wollte. Warum nur war er so naiv gewesen und hatte Paul in alles eingeweiht?

Paul hob entschuldigend die Hände und senkte betreten den Kopf.

„Es tut mir wirklich leid, das war nicht anzüglich gemeint. Ich war der festen Überzeugung, ihr hättet schon darüber gesprochen. Bitte entschuldigt mich. Das war nicht gut von mir. Ich glaube, ich lasse euch nach diesem peinlichen Moment lieber mal alleine." Er stand auf und zahlte bei der Wirtin, dann hob er die Hand zum Gruß und ging.

So waren Hans und Marie nun wieder alleine und fühlten sich dabei nicht angenehm.

„Warum ist denn Paul jetzt einfach gegangen?", fragte Marie leise und hob den Blick.

„Ich glaube, er schämt sich wirklich. Ich kenne Paul schon lange. Er hat jedes Wort ernst gemeint, das er gesagt hat", antwortete Hans, nachdem er eine Weile nachgedacht hatte.

Hatte er ihm vielleicht helfen wollen, auch wenn es eine seltsame Art der Hilfe war? Irgendwie würde das seinem Freund ähnlich sehen, der an Dinge immer sorglos heranging und sie auf die ein oder andere Weise löste. Dass Hans Interesse an Marie hatte, konnte er schlecht leugnen und selbstverständlich hatte er Paul als seinem engsten Freund bereits davon berichtet. Er glaubte zu wissen, dass auch Marie Interesse an ihm hatte, aber er hatte sich noch keine Gedanken darüber gemacht, wie er das ansprechen wollte. Eigentlich genoss er den momentanen Zustand viel zu sehr und hatte vielmehr Angst, durch das Ansprechen alles zu zerstören, was sie sich bisher aufgebaut hatten. Wie schafften es andere Leute nur, einfach zu heiraten und Kinder zu bekommen? Hans fand das alles furchtbar umständlich und anstrengend.

„Du bist so nachdenklich", bemerkte Marie sanft und berührte Hans am Arm.

Hans schreckte kurz auf und kniff die Lippen zusammen.

„Ja, tut mir leid, ich habe gerade noch darüber nachgedacht, was Paul gesagt hat. Entschuldige bitte, das kommt nicht wieder vor."

Fragend hob Marie die Augenbrauen, bevor Hans sich das erste Mal traute, seine Hand über ihre zu legen. Anders als er befürchtet hatte, zuckte Marie nicht zurück, was seinen Puls beschleunigte. Während sie nur kurz ihren Blick darauf verweilen ließ, hätte Hans schwören können, dass ihre Wangen leicht erröteten. Er lächelte verhalten und suchte Maries Blick, den sie allerdings züchtig auf den Tisch gesenkt hatte. Sein Herz vollführte einen Freudensprung und hämmerte heftig gegen seine Brust. Das hier war nur ein erster Schritt, aber vielleicht müssten sie doch noch einmal darüber reden, wie sie Frau Ebert austricksen konnten, züchtiges Paar hin oder her.

02. Februar 1943

Marie schlug mit einem flauen Gefühl im Magen die Zeitung auf. Die Propaganda gab sich alle Mühe, aber den Untergang der kompletten 6. Armee bei Stalingrad konnte auch sie nicht mehr schönreden. Obwohl sie eine ganze Armee verloren hatten, war die Meldung relativ klein und nüchtern gehalten, nur eine kleine Randinformation zwischen all den Propagandareden. Weitere größere Meldungen fand sie nicht und Marie atmete erleichtert aus. Unter normalen Umständen hätte sie sich nicht für die Kriegsnachrichten interessiert – sie verabscheute Gewalt – aber was war in diesen Zeiten schon normal? Hans erzählte ihr nicht viel, aber verriet nicht den Grund. Wollte er nicht mehr erzählen oder konnte er nicht? Doch weil Marie keinen Streit wollte, bohrte sie nicht nach. Sie war froh, dass Hans weder nach Afrika noch nach Stalingrad abkommandiert wurde und begnügte sich damit. Ihr war es wichtiger, die wenigen gemeinsamen Stunden in Harmonie zu genießen.

In den letzten Tagen war allerdings Bewegung in Hans' Truppe gekommen. Hans war wieder nach Rheingönheim verlegt worden, konnte ihr aber nicht sagen, wohin sie weiter gehen sollten – oder wann. Er schien wirklich Nichts zu wissen, hoffte selbst, so lange wie möglich bei ihr bleiben zu können. Für diesen Moment genoss Marie nur, Hans öfter um sich zu haben. Wie schon zuvor war er wieder bei Erich einquartiert worden und so sahen sie sich mehrmals die Woche. Paul war der Einheit nicht zugeteilt, worüber Marie ein wenig traurig war. Sie hatte Paul gemocht und dass sie an Hans' Alltag und Freunden teilhaben konnte. Hans hatte ihr erklärt, dass ihre Regimenter neu eingeteilt worden waren, weshalb Paul und er nicht zusammen unterwegs waren. Allerdings konnte sich das alle paar Monate ändern und vielleicht würden sie sich schon bald wiedersehen – das hoffte er auch selbst.

Auch ihrer Mutter Elsa war aufgefallen, dass Marie Erich immer öfter besuchte, wenn Hans dort untergebracht war, und natürlich konnte sie die richtigen Schlüsse daraus ziehen.

„Na, gehst du heute wieder zu Erich?", fragte sie öfter nach Ladenschluss und schmunzelte dabei wissend.

Marie ließ sich nicht zu einer Antwort herab und arbeitete ruhig weiter. Eine gewisse Röte in den Wangen konnte sie aber vor ihrer Mutter nicht verbergen. Auch heute wollte Marie nach der Arbeit wieder bei Hans vorbeischauen, die Zeit noch so gut nutzen, wie es ging.

Sie machte gerade die Abrechnung, während ihre Mutter noch ein paar Waren verräumte und dann zu ihr in den Verkaufsraum kam.

„Bist du heute Abend wieder bei Erich?", fragte sie erneut und klang beiläufig.

Marie wusste genau, dass die Frage nicht so harmlos war, wie sie schien.

„Ja, nachher mache ich mich wieder auf den Weg. Du könntest auch mal mitkommen, Mama. Dann wärst du hier nicht immer alleine. Erich und Lisa fragen schon immer nach dir."

Elsa hob amüsiert die Augenbrauen.

„Ist das so? Naja, mal sehen. Ich muss zugeben, nach drei Kindern und einem Mann genieße ich die Ruhe ab und zu schon ein wenig ..."

Marie schürzte die Lippen und warf einen Radiergummi nach ihrer Mutter. Natürlich meinte sie es nicht bösartig, aber Marie überkam zunehmend der Eindruck, dass ihrer Mutter das Leben ohne Mann manchmal ein wenig zu gut gefiel. Sie redete selten über ihren Mann, der im Krieg war und von dem sie seit seiner Einberufung zur Truppe nichts mehr gehört hatten. Vermutlich war er schon längst gefallen, aber Elsa fehlte wegen des Ladens die Zeit, sich darum ernsthaft zu kümmern. Eine entsprechende Meldung der Wehrmacht kam allerdings bisher ebenfalls nicht, aber auch keine Feldpost oder ein anderes Lebenszeichen.

„Vielleicht müssen wir heute auch gar nicht zu Erich", bemerkte Elsa schließlich trocken und verschwand unter der Theke.

„Wovon redest du?" Marie runzelte die Stirn und sah von ihrem Buch auf.

Elsa nahm sich Zeit, bis sie wieder von der Theke auftauchte und nach draußen nickte.

Marie hob den Kopf und ihre Gesichtszüge entgleisten ihr für einen Augenblick.

Auf der Straße aufgereiht standen Hans und seine Kameraden. Hans saß auf Sirene sowie auch seine Kameraden auf ihren prächtigen Pferden saßen. Auf Kommando salutierten die Soldaten, wonach Hans abstieg.

„Was machen die da?", stotterte Marie und klammerte sich an der Theke fest.

„Na ich würde sagen, die sind wegen dir hier. Geh' doch einfach mal raus und frag deinen Hans, was das soll", schlug Elsa grinsend vor.

„Das ist nicht mein Hans", fauchte Marie und klammerte sich dabei so fest an die Theke, dass ihre Knöchel weiß hervortraten.

Was wollte Hans hier und warum hatte er seine ganze Einheit mitgebracht? Und was meinte Elsa damit, dass er wegen ihr hier sei? Hatte sie etwas verbrochen? Sie musste vor die Tür, denn je länger die Kameraden dort standen, desto größer war die

Wahrscheinlichkeit, dass es jemand von den Nachbarn entdeckte und weitertratschte. Ihr Herz klopfte bis zum Hals, als sie hinter der Theke hervorkam und aus dem Haus trat.

Hans schritt grinsend auf sie zu und seine Kameraden verbeugten sich synchron. Mittlerweile schauten schon die ersten Nachbarn aus den Fenstern und beäugten die Szene kritisch. Marie spürte, wie ihre Wangen heiß wurden, während sie die Arme vor ihrer Mitte verschränkte.

„Hallo Marie", grüßte Hans. Er hörte sich heiser an.

„Hallo", antwortete sie tonlos und hob die Augenbrauen. Immer noch hämmerte ihr Herz wild gegen die Brust.

Was hatte er nur vor? War er den Nazis doch näher, als er zugeben wollte, und wollte sie jetzt verhaften? Aber wieso war dann keine Gestapo dabei? Er hätte sie verpfeifen können, aber scheinbar hatte er es nicht getan. Und Hans mochte die Nazis nicht, das hatte er mehr als ein Mal deutlich gemacht. Das konnte nicht der Grund sein. Wollte er sich verabschieden, waren sie gerade auf Durchzug? Davon hatte er in den letzten Tagen zwar nichts erzählt, aber vielleicht hatte er das auch nicht gewollt.

„Du siehst sehr skeptisch aus", stellte Hans amüsiert fest. Er reichte einem Kameraden Sirenes Zügel und kam dann auf Marie zu.

„Wundert dich das?", fragte Marie. Sie straffte ihre Schultern, um nicht zu eingeschüchtert zu wirken.

„Nein, um ehrlich zu sein, wundert mich das nicht. " Hans gluckste, dann räusperte er sich und straffte seine Schultern ebenfalls. „Vielleicht sollte ich deshalb auch einfach zum Punkt kommen, statt dich noch länger zu verwirren."

Aus seiner Hosentasche zog er einen schlichten, goldenen Ring hervor.

„Marie Bauer, möchtest du meine Frau werden?"

Marie weitete die Augen und ihre Kehle war augenblicklich so trocken wie eine Wüste. Sie blinzelte, aber sie schien nicht zu träumen. Hans und seine Einheit waren noch immer da. In ihrem Hirn formte sich die Erkenntnis, dass Hans sicher auch eine Antwort erwartete. Deshalb öffnete sie den Mund, aber keine zusammenhängenden Worte kamen aus ihrem Mund.

„Warum ... warum willst du denn ausgerechnet mich heiraten?", stotterte sie schließlich.

Hans unterdrückte ein Aufseufzen und lächelte.

„Warum denn nicht?", entgegnete er. „Ich kann dir meine Gründe gerne erklären, aber vielleicht gibst du mir einfach zuerst eine Antwort?"

Marie schluckte, dann nickte sie mechanisch.

„Ja ... ja, ich will dich heiraten", antwortete sie leise, aber laut genug für Hans.

Er nahm ihre Hand und steckte ihr behutsam den Ring an ihren Finger. Seine Kompanie applaudierte und er ließ sich nicht nehmen, einen Kuss auf ihre Hand anzudeuten. Das würden die Nachbarn gerade noch so bei Verlobten akzeptieren.

Nun kam auch Maries Mutter aus dem Laden – sie wirkte aufgekratzt.

„Endlich ist es so weit! Marie, ich bin so froh, dass Hans dich endlich gefragt hat."

Marie, die immer noch Hans' Hand hielt, schluckte schwer und ihre Wangen schimmerten rot.

„Ach, Mama ...", stöhnte sie und entzog Hans ihre Hand. Die Aufmerksamkeit, die auch die Nachbarn miteinschloss, war ihr unangenehm.

Elsa wuselte um die beiden herum.

„Kommt, lasst uns zur Feier des Tages ein Stück Kuchen essen! Wir wollten doch ohnehin den Laden gerade schließen."

Bevor sie die jungen Leute in ihre Wohnung scheuchte, gab Hans seinen Soldaten noch ein Zeichen, abzudrehen und in ihre Quartiere zurückzukehren, bevor er sich von seiner künftigen Schwiegermutter vereinnahmen ließ.

In der Stube hatte Elsa flugs Teller und Gabeln hervorgeholt und ging nun in die Küche. Marie und Hans waren ihr gefolgt und standen unschlüssig in der Stube, den Blick auf den Tisch geheftet.

„Naja, dann sollten wir uns setzen, oder nicht?", schlug Hans vor und setzte sich. Er war immer noch durchflutet von dem Glücksgefühl seines erfolgreichen Antrags. Seine Wangen waren gerötet und ein Grinsen wollte gar nicht mehr aus seinem Gesicht verschwinden.

Marie setzte sich ebenfalls. Sie konnte den Blick noch gar nicht von ihrem goldenen Verlobungsring abwenden. War das alles gerade wirklich passiert oder träumte sie?

Elsa holte sie mit zwei Tellern voll Kuchen in die Realität zurück. Sie stellte den Kuchen vor ihnen ab und setzte sich mit einem dritten Kuchenteller in der Hand dazu. Statt zu essen, blickte sie abwartend zwischen Hans und Marie hin und her. Schließlich entschloss sich Marie, nicht länger stumm zu bleiben.

„Wie ... hast du dir das denn vorgestellt? Und wann sollen wir heiraten? Ich meine, mitten im Krieg ... dass das geht, weiß ich, aber das Aufgebot bestellen kann ziemlich lange dauern ..."

Hans hob eine Hand und Marie verstummte.

„Ich verstehe, dass du dir Gedanken machst, aber für dieses Problem habe ich schon eine Lösung." Er zog ein gefaltetes Papier aus seiner Jackentasche und legte es auf den Tisch.

„Was ist das?" Marie zog skeptisch die Augenbrauen zusammen.

„Mach auf", forderte Hans sie auf und schob ihr das Papier zu.

Marie entfaltete es und flog kurz über die Zeilen.

„Eine Willenserklärung zur Eheschließung?", fragte sie und blickte mit gerunzelter Stirn vom Papier auf. „Wozu brauchen wir das?"

„Für Angehörige des Militärs gibt es eine Möglichkeit, recht schnell zu heiraten und sogar auf das Aufgebot zu verzichten. Du musst nur mit dieser Willenserklärung und einem Trauzeugen zu einem Standesbeamten und dich dort trauen lassen", erklärte Hans und tippte auf das Papier. „Für mich hat Paul als Trauzeuge schon unterschrieben. Sobald du bei dem Standesbeamten warst, sind wir dann verheiratet."

Marie legte nachdenklich den Kopf schief.

„Aber irgendeinen Haken muss es doch geben. Ich meine, ich kann doch nicht einfach mit dem Papier zum Standesbeamten und du bist noch hier. Dann können wir auch gleich richtig heiraten und das Aufgebot bestellen."

Hans presste die Lippen aufeinander und seufzte.

„Ja, das stimmt. Da ist der Haken: Ich muss schon in ein paar Tagen wieder an die Front. Nächste Woche verlegen wir nach Bayern und dann geht es an die Front. Wohin, weiß ich noch gar nicht genau."

Marie brauchte einige Sekunden, bis sie das Gesagte auch erreicht hatte.

„Du ... du musst schon wieder gehen?", fragte sie tonlos, den Blick fest auf Hans gerichtet.

„Ja, leider. Ich vermute, wir müssen ins Sudetenland, aber ich bin mir nicht sicher, wie gesagt.

Nächste Woche geht es los." Er nahm ihre Hand und drückte sie sanft.

Ratlos wanderte Maries Blick zwischen Hans und dem Dokument hin und her. Einerseits war sie glücklich, bald mit Hans verheiratet zu sein, aber zu diesem Preis? Was würde sein, wenn Hans nicht mehr aus dem Krieg zurückkäme, wie bei so vielen? Eine Träne bahnte sich ihren Weg über Maries Wange und Hans drückte ihre Hand fester.

„Du musst stark sein, Marie, hörst du? Ich werde wiederkommen, das verspreche ich dir hoch und heilig und wenn dieser elende Krieg aus ist, sind wir ein richtiges Ehepaar, nicht nur auf dem Papier. Ich will dich nur sicher und versorgt wissen, solange ich nicht hier sein kann."

Immer noch war Marie skeptisch. Sie faltete das Papier nochmals auseinander und las. Paul hatte die Willenserklärung tatsächlich als Trauzeuge unterschrieben. Sollte es so einfach sein, zu heiraten?

„Seit wann gilt diese Bestimmung, dass man so heiraten kann?", fragte sie.

„Seit 1941, noch nicht so lange. Aber ich kenne viele Kameraden, die davon schon Gebrauch gemacht haben. Du musst dir also keine Sorgen machen, es wird sicher anerkannt", versicherte Hans und nahm das Dokument an sich. Er packte es in einen Umschlag und reichte es Marie.

„Bitte ... ich weiß, es ist ungewöhnlich, und wenn du klassisch heiraten möchtest, finden wir sicher auch einen Weg, aber ich wiederhole mich, ich wollte dich abgesichert wissen, wenn ich an die Ostfront muss."

Marie öffnete und schloss ihren Mund wieder, ihr Blick war starr auf den Tisch gerichtet. Wenn sie sich eine Hochzeit ausgemalt hatte, dann sicher nicht so. Aber was war während des Kriegs schon normal? Das fragte sie sich mittlerweile mehrmals am Tag und unterdrückte ein Seufzen. Wenn sie sich als kleines Mädchen ihre Zukunft ausgemalt hatte, war Krieg darin auch nicht vorgekommen. Ihr Herz war Hans schon verfallen, keine Frage. Was also hinderte sie? Das Ungewöhnliche? Oder die Angst, als Witwe zu enden?

„Du denkst viel zu viel nach", unterbrach Hans ihre Gedanken und Marie schreckte auf.

Sie seufzte tief und straffte ihre Schultern.

„Na gut. Dann machen wir es so. Wir werden diese Hochzeit so feiern, wie du es vorgeschlagen hast. Das wird die beste Lösung sein."

Hans fiel es schwer, seine gute Laune zu verbergen. Er lächelte erleichtert und nickte. Elsa klopfte ihrer Tochter auf die Schulter und nickte zum Schlafzimmer.

„So, ihr beiden. Wenn das geklärt ist, solltet ihr die Zeit noch nutzen, die euch bleibt. Wer weiß, wann ihr euch das nächste Mal wiederseht."

Hans und Marie tauschten erstaunte Blicke.

„Aber Mama ...", begann Marie, doch Elsa winkte ab.

„Papperlapapp. Hans wird noch rechtzeitig aus dem Haus gehen und was ihr über Tag macht, geht keinen etwas an. Ich werde im Laden sein und die neugierigen Leute davon abhalten, sich das Maul zu zerreißen, mach' dir da mal keine Sorgen."

„Und ... wenn was passiert?", fragte Marie ängstlich.

Elsa hob entnervt die Hände und seufzte nachdrücklich.

„Ihr werdet nächste Woche verheiratet sein. Selbst wenn etwas passieren sollte, wenn du schwanger sein solltest, diese eine Woche macht nichts aus. Das werden die Leute auch nicht merken. Da musst du dir wirklich keine Gedanken machen. Hör da ruhig auf deine alte Mutter." Sie zwinkerte, dann erhob sie sich vom Tisch und steuerte den Laden an.

Marie warf einen Blick zu Hans und lächelte scheu.

„Naja, was meinst du dazu?", fragte er und legte den Kopf schief.

„Ich weiß nicht ... Es mag sein, dass Mama recht hat, mit dem, was sie sagt und die Zeit, mit dir zu genießen, ist mir auch wichtig. Hast du denn noch Bedenken?"

Hans schüttelte den Kopf, stand auf und nahm Marie an der Hand.

„Bedenken hatte ich nie. Lass uns lieber die Zeit nutzen, die uns gerade gegeben wurde." Sie verschwanden im Schlafzimmer und lehnten die Tür an, damit niemand direkte Einsicht hatte. Marie war mehr als dankbar für ihre Mutter.

16. September 1943

Verheiratet zu sein, ohne wirklich einen Ehemann zu haben, fühlte sich für Marie noch immer seltsam an. Keiner im Dorf stellte ihre Ehe in Frage, im Gegenteil. Sie hatte den Eindruck, dass die Leute sie nun anders, respektvoller behandelten, weil sie verheiratet war. Sie trug den Ring mit Stolz – natürlich. Dennoch hätte sie sich lieber eine normale Ehe gewünscht. Im Krieg war eben nichts normal und natürlich war sie glücklich, Hans zum Mann zu haben.

Vor nicht ganz drei Wochen hatten sie ein paar Tage zusammen im Sudetenland verbracht, wo Hans seit letztem Jahr stationiert war. Bisher, das hatte er in Briefen geschrieben, war er noch nicht im Fronteinsatz gewesen, nur in der Etappe, aber beide wussten, es war nur noch eine Frage der Zeit. Marie betete jeden Tag zu irgendeinem Gott, er möge Hans den direkten Fronteinsatz ersparen und ihn wieder heil nach Hause schicken.

Hans' Briefe bewahrte Marie in einer kleinen Holzkiste auf, die sie aus dem Laden abgezweigt hatte. So hatte sie ihren Schatz immer nahe bei sich und den Schlüssel zur Schatulle besaß nur sie. Wenn sie besonders große Sehnsucht hatte, las sie die Briefe alle nacheinander und schwelgte in Erinnerungen an ihre gemeinsamen Ausflüge.

Elsa ließ sie kopfschüttelnd gewähren und zog sie beim Abendessen öfter auf, aber im Grunde war sie glücklich, dass ihre Tochter jetzt einen Mann gefunden hatte. Dazu noch einen derart stattlichen.

Maries Hochzeit, noch dazu so still und heimlich, war natürlich Dorfgespräch. All ihre Kunden bemerkten den neuen Ring an ihrem Finger und vor allem die Frauen waren neugierig darauf, zu erfahren, wer denn der Glückliche sei. Wilden Spekulationen schob Marie schnell einen Riegel vor, denn sie hatte keine Lust, in eine Schublade gesteckt zu werden, in die sie nicht gehörte. Deshalb erzählte sie bereitwillig und nannte den Namen ihres Mannes. Die meisten kannten Hans und seine Einheit, weil sie einige Zeit in Rheingönheim verbracht hatten, und schwärmten für den stattlichen Oberfeldwebel. Deshalb beglückwünschten sie vor allem Frauen zu einem derart hübschen Mann und litten mit ihr, wenn Marie von ihrer Sehnsucht erzählte. Nach wie vor arbeitete sie, um sich die Zeit bis zum nächsten Brief zu vertreiben, aber ihre Mutter gewährte ihr immer wieder freie Zeiten, um Hans zu schreiben, wofür sie sehr dankbar war.

Heute war sie froh, als sie den Laden endlich schließen konnte. Schon seit heute morgen begleitete sie ein flaues Gefühl im Magen und es hatte sie über Tag alle Anstrengung gekostet, die Kunden das nicht merken zu lassen. Seufzend hielt sie sich den Bauch und ging in die Stube, um Teewasser aufzusetzen. Ein Tee hatte bisher jeden Magen beruhigt und was auch immer sie Falsches gegessen hatte, würde sie danach nicht länger belästigen.

Während sie darauf wartete, dass das Wasser kochte, nahm Marie die Zeitung zur Hand. Der Völkische Beobachter schrieb schon lange nicht mehr die Wahrheit darüber, was im Krieg geschah. Dazu waren Hans' Schilderungen und die der Zeitung einfach zu weit voneinander entfernt, und natürlich glaubte sie Hans. Trotzdem hatte sich Marie angewöhnt, die Zeitung zu lesen. Im Geiste addierte sie immer noch einige Tote oder zog welche ab – je nach Armee – und war damit sicher nicht weit von der Wahrheit entfernt, empfand sie jedenfalls.

Die Bombenangriffe auf Deutschland hatten zugenommen und auch im Stadtgebiet nahe der I.G. Farben war erst kürzlich eine Bombe eingeschlagen.

Marie war einmal aus dem Haus gegangen, um sich die Trümmer anzusehen, aber der Anblick hatte sie erschreckt. Überhaupt sah in Ludwigshafen nichts mehr einladend aus. Sobald sie näher an den Stadtkern kam, bestand ihre Umgebung nur noch aus Trümmerhaufen, weggebombten Häusern und armen Bettelkindern. Die ganze Grausamkeit des Krieges zeigte sich und die Jubelrufe verstummten zunehmend.

Seufzend legte Marie die Zeitung zur Seite und goss sich ihre Melissenblätter auf. Die Zeitung zu lesen und all die Bombenangriffe zu hören, machte keine gute Stimmung.

Die Tür ging auf und ihre Mutter betrat die Stube. Sie legte ihren Mantel ab und schüttelte sich den kalten Herbstwind aus den Gliedern.

„Herrje, Marie, draußen ist es wirklich nicht mehr lebenswert", seufzte sie und kam in die Küche. „Du hast dir Tee aufgegossen, ist alles in Ordnung mit dir oder ist es nur gegen die Kälte?"

Reflexartig legte Marie eine Hand auf ihren Bauch und zuckte mit den Schultern.

„Ich weiß nicht, ich muss etwas Falsches gegessen haben. Mir ist schon den ganzen Tag flau im Magen. Ich konnte kaum arbeiten ..." Sie nippte an ihrem Tee, wonach die wohlige Wärme wie Lebenselixier durch ihren Körper rieselte.

Elsa betrachtete sie skeptisch, dann goss auch sie sich einen Tee auf und setzte sich dazu.

„Wie war es in der Stadt? Gibt es Neuigkeiten?", fragte Marie.

„Düster. Wirklich. Seit dem letzten Angriff gibt es noch viel mehr Bettelkinder. Ich hatte nicht mal für jeden irgendetwas dabei. Dabei habe ich eine Tasche voll Eier und Kartoffeln mitgenommen. Du weißt, dass mir die Kinder leidtun ..."

Marie nahm die Hand ihrer Mutter und drückte sie.

„Du musst dich nicht rechtfertigen, Mama. Wir haben nun mal mehr zu essen als viele Menschen und ich finde es gut, dass du etwas davon abgibst. Wir müssen immer noch nicht hungern und damit geht es uns besser als ganz vielen anderen Menschen. Da können wir ruhig etwas davon abgeben."

Elsa nickte und seufzte, dann nahm auch sie einen Schluck Tee. Eine Wohltat nach den ganzen schrecklichen Bildern aus der Stadt.

„Juden findest du jetzt hier fast keine mehr. Seit ich letzte Woche in der Stadt war, haben sie die Familien Müller und Ehrlich komplett abgeholt, kannst du dir das vorstellen? Dann gibt es ein paar Geier, die kaum darauf warten können, bis alle aus dem Haus sind, damit sie es plündern können. Ekelhaft, die ganze Meute." Sie schnaubte und umklammerte ihre Teetasse fester. „Wir können froh sein, dass wir bisher so gut durchgekommen sind. Ich ahne, wo sie die Juden hinbringen, aber wenn ich ehrlich bin, will ich mich gar nicht so genau damit befassen."

Das Thema hing im Raum wie eine schwere Gewitterwolke. In der Familie glaubte keiner mehr, dass die Juden nur zum Arbeiten fortkamen. Denn niemand war jemals wiedergekommen, nachdem er seinen Dienst abgeleistet hatte. Doch natürlich hüteten Marie sich davor, das laut auszusprechen. Eine falsche Meinung zu haben, wurde von Tag zu Tag gefährlicher. So sehr sie die Nazis verachteten, sie hingen auch an ihrem eigenen Leben.

Plötzlich stieg in Marie eine starke Übelkeit auf und sie schlug sich die Hand vor den Mund. Hatte der Tee nicht eigentlich helfen sollen? Sie sprang vom Stuhl auf, eilte nach draußen und erleichterte sich hinter dem Haus, wo sie niemand sehen konnte.

Ihr Magen verkrampfte sich und ihr wurde schwummerig vor Augen, sie hielt sich an der Hauswand fest. Ihr Puls hatte sich beschleunigt und Marie atmete tief durch, um sich wieder zu beruhigen.

„Du bist leichenblass, mein Kind", grüßte sie ihre Mutter, als sie das Haus wieder betrat. Sie reichte Marie den Tee, an dem sie mit einem dankbaren Lächeln nippte.

Die Melisse vertrieb den ekelhaften Geschmack im Mund.

„So schlimm wie gerade war es die ganze Zeit noch nicht", stöhnte Marie und trank noch einen Schluck. Erst jetzt hatte sie das Gefühl, dass ihr Magen sich durch den Tee auch wirklich beruhigte.

Ihre Mutter musterte sie besorgt und verschränkte nachdenklich die Arme vor der Brust.

„Aber wir haben doch den Tag über das Gleiche gegessen, oder nicht? Wenn es am Essen liegen würde, wäre mir doch auch übel, aber ich merke überhaupt nichts."

Marie hob hilflos die Schultern und klammerte sich an ihre Teetasse. Hätte sie gewusst, was sie plagte, hätte sie schon längst etwas dagegen unternommen. Die Frauen schwiegen eine Weile und hingen ihren Gedanken nach, bis Elsa ein „Ha!" ausstieß und die Tasse so schwungvoll auf den Tisch stellte, dass sie Tee verschüttete.

„Ich weiß!", rief sie aus, wovon Marie zusammenzuckte. „Was weißt du?" Elsa wischte die nassen Flecken vom Holztisch und schmunzelte. „Ich ahne, wieso dir schlecht ist und mir nicht. Kommst du denn nicht auf eine Idee?"

Marie seufzte und warf ihrer Mutter einen genervten Blick zu.

„Wenn ich eine Idee hätte, hätte ich wohl schon was dagegen unternommen, oder meinst du, ich laufe gerne mit flauem Magen durch den Tag?"

Elsa schmunzelte noch immer und Marie war zunehmend genervter. Sie hasste es, wenn ihre Mutter ihr Wissen nicht preisgab und sich zu allem Überfluss auch noch über das Unwissen ihrer Tochter amüsierte.

„Na komm, jetzt sag schon, welche Idee hast du? Spann' mich nicht so auf die Folter!"

Ihre Mutter hätte sie gerne noch länger warten lassen, aber sie wollte keinen Streit riskieren.

„Sag mal, du warst doch vor ein paar Wochen bei Hans zu Besuch, nicht?", sprach sie an.

Marie runzelte die Stirn, nickte aber. Was hatte das mit ihrer Übelkeit zu tun? So lange konnte kein verdorbenes Lebensmittel in ihrem Magen aushalten, das war schon fast vier Wochen her. Etwas Ungewöhnliches gegessen, hatten sie dort auch nicht. Sie waren viel Spazieren gewesen und hatten ihr Eheleben genossen – niemand mehr, der sie kritisch beäugte, wenn sie in der Öffentlichkeit gemeinsam unterwegs waren. Plötzlich fiel es Marie wie Schuppen von den Augen. Sie fasste sich an ihren Bauch und ihr Blick wanderte erst nach unten, dann ungläubig zu ihrer Mutter.

„Nein ... das kann nicht sein. Oder doch?", murmelte sie. „Ich bin doch schon zu alt dafür, ich bin 34! Da haben viele Mütter schon große Kinder und wenn sie Kinder kriegen, dann gewiss nicht erst das erste."

Elsa hob die Schultern und tätschelte Marie den Rücken.

„Also natürlich kann ich auch falsch liegen, aber ich befürchte, ich liege richtig. Nenn' es weibliche Intuition, ich spüre einfach, dass ich recht habe."

Ungläubig starrte Marie auf ihren Bauch. Sie und schwanger? Nie im Leben! Sie musste im Laden arbeiten und ihre Familie unterstützen. Wenn der Krieg vorbei war, konnte sie darüber nachdenken.

Wenn es dann nicht ohnehin zu spät, oder sie noch keine Witwe war. So viele Ungewissheiten! Sie konnte sich gar nicht vorstellen, überhaupt schwanger zu sein. Eigentlich hielt sie sich jetzt schon für zu alt, aber die Natur meinte es scheinbar gut mit ihr.

„Vielleicht ... vielleicht hast du recht. Dann sollte ich es Hans schreiben", murmelte Marie und stand auf, um sich Papier und Stift zu holen. Sie fühlte sich wie in Watte gepackt und ihre Gedanken kreisten nur noch um das eine Thema.

Elsa sah ihr hinterher und trank einen Schluck Tee.

„Ist Hans denn auch der Vater?", fragte sie fast beiläufig.

Marie schnaubte und kehrte mit Stift und Papier an den Tisch zurück.

„Eigentlich sollte ich dir darauf gar nicht antworten. Natürlich ist Hans der Vater, wir sind verheiratet!"

Ihre Mutter hob abwehrend die Hände.

„Du wärst nicht die erste, die in Abwesenheit ihres Mannes schwanger wird. Entschuldige meine Frage. " Sie musterte Marie, die ihren Blick stur auf das Papier gerichtet hatte und schrieb. „Bist du mir denn sehr böse?" Elsa fiel es schwer, zu warten, bis Marie den Brief zu Ende geschrieben hatte, aber ihre Intuition sagte ihr, dass sie sich gerade auf dünnem Eis bewegte, und sie wollte sich gerade in diesen Zeiten nicht mit ihrer Tochter streiten.

Als Marie den Brief unterzeichnet hatte, faltete sie ihn sorgfältig zusammen und legte ihn auf den Tisch. Dann sah sie ihre Mutter an.

„Nein, ich bin dir nicht böse. Ich weiß, dass es viele solcher Frauen und Kinder im Krieg gibt, aber ich bin so nicht. Ich liebe Hans", antwortete sie nachdrücklich und mit festem Blick.

Elsa lächelte, nahm Maries Hand und drückte sie.

„Ich weiß, mein Kind. Du warst schon immer anders als die anderen."

Marie lächelte, stand dann auf und durchsuchte die Stube nach einem Briefumschlag.

„Ich bringe den Brief gleich noch weg, ja? Wer weiß, wann er sonst ankommt."

„Mach das. Ich bereite das Abendessen dann schon vor. Erich und Lisa kommen heute", erwiderte Elsa, worauf Marie nickte.

„Weiß ich doch. Ich habe sie eingeladen, schon vergessen?"

Elsa stutzte. Ja, das hatte sie vergessen. Sie schüttelte den Kopf und seufzte. Vielleicht wurde sie ja langsam doch alt.

24. Oktober 1943

Hans sah auf, als die ersten Soldaten auf Tragen hergebracht wurden. Alle bluteten, manche am Kopf, manche hielten sich die Seite.

„Kein erfolgreicher Angriff?", fragte er einen der Träger und kannte bereits die Antwort. Was für eine dumme Frage er hier eigentlich stellte ... aber er musste – die Vorschriften verlangten das.

„Nein, Herr Oberfeldwebel", antwortete ihm ein junger Kerl.

Der Junge auf der Trage war noch jünger als die Personen, die ihn trugen. Hans betrachtete das von Blut verkrustete Gesicht.

Bist du überhaupt schon 18, Bursche? Weißt du, was du hier tust, fragte er stumm, dann seufzte er.

„Bringt ihn zum Hauptverbandsplatz. Wir retten, so viele wir können." Das entsprach nicht dem offiziellen Befehl, aber Hans hätte es niemals über's Herz gebracht, einen Jungen einfach sterben zu lassen. Diese Kinder sollten nicht noch vor ihrer Volljährigkeit auf dem Schlachtfeld sterben, das war grausam. Jedes Mal, wenn Hans darüber nachdachte, liefen ihm eiskalte Schauer über den Rücken.

„Aber ... sollen wir uns nicht lieber zurückziehen? Die Russen haben uns abgeschlachtet", wandte der junge Kerl zögerlich ein.

Hans kannte ihn, er war ein guter Mann. So offen, wie er mit Hans sprach, würde er den Krieg entweder gegen die Russen oder gegen die eigenen Leute verlieren – und Hans bedauerte das. Denkende Menschen waren dringender nötig denn je. Hans packte ihn an der Schulter und sah ihm fest in die Augen.

„Soldat Lemmer, manchmal muss man tun, was man gesagt bekommt, nicht das, was man für richtig hält. Dafür sind Sie hier bei der Armee. Haben wir uns verstanden?"

Lemmer senkte erst den Blick, dann neigte er den Kopf.

„Ja, Herr Oberfeldwebel", murmelte er und schlich davon.

Hans sah ihm noch länger nach. Was Lemmer vorgeschlagen hatte, hielt er für durchaus sinnvoll. Auch Hans sah keinen Sinn mehr darin, sich noch weiter auf russischem Gebiet aufzuhalten. Sie waren besiegt und verloren jeden Tag noch mehr Männer, aber die Offiziere und das OKH weigerten sich, auch nur einen Schritt zurückzuweichen, ohne Leichen zu produzieren. Oder war es die Angst vor ihrem Obersten Befehlshaber Adolf Hitler? Auch von ihm war der Befehl gekommen, bis zum letzten Mann zu kämpfen. Hans wandte sich kopfschüttelnd ab und machte sich auf den Weg zum Kompaniegefechtsstand. Dort wollten sie bald eine Besprechung abhalten, zu der Hans nicht zu spät kommen wollte.

Er hatte das baufällige Haus, dessen stabiler Keller als Gefechtsstand ausgewählt wurde, gerade betreten, als ein Soldat auf ihn zukam.

„Oberfeldwebel Schneider?", fragte er.

Hans blieb stehen und musterte den Soldaten neugierig. Er kannte den jungen Landser nicht. Woher kannte er dann ihn?

„Wer will das wissen?", fragte er und steckte die Hände in die Hosentaschen. Der junge Mann zeigte den Hitlergruß und Hans bemühte sich, eine steinerne Miene zu behalten. Wie immer hob er den Arm nicht, sondern nickte nur.

„Heil Hitler, Herr Oberfeld. Ich soll Ihnen ausrichten, dass die Post gekommen ist Für Sie ist auch ein Brief dabei."

Hans nickte dem Soldaten dankbar zu und machte sich schnellstens auf den Weg zur Postausgabestelle. Der Kamerad, der die Briefe ausgab, hatte allerhand zu tun. Um den Unterstand tummelten sich mehrere

Kameraden und verlangten nach ihren Briefen. Als die Reihe endlich an ihm war, nannte er seinen Namen und der Kamerad drehte ihm für einen Moment den Rücken zu, um seine Post herauszusuchen. Er reichte ihm einen schon leicht vergilbten Umschlag, den Hans dankend entgegennahm. Tatsächlich erkannte er seine Adresse darauf in feinsäuberlicher Handschrift und als Absender Marie. Ein Lächeln schlich sich auf sein Gesicht.

Während er leise davonging, um die übrigen Kameraden nicht zu stören, warf Hans einen Blick auf seine Armbanduhr. Die Zeit würde noch reichen, um den Brief zu lesen, weshalb er den Umschlag öffnete und neugierig das Papier herauszog.

Maries feine Handschrift erkannte er sofort, was sein Herz schneller schlagen ließ. Mit einem Lächeln im Gesicht überflog er die Zeilen, und je länger er las, desto größer wurden die Augen. Fast konnte er nicht glauben, was er da las. Er wurde tatsächlich Vater! So spät noch, aber das war ihm egal. Er wurde Vater! Hans presste den Brief an seine Brust und schloss für einen Moment die Augen. In all den Kriegswirren war dieser Moment schon fast unwirklich. Er atmete tief ein und aus, dann öffnete er die Augen wieder. Nach der Besprechung würde er Heimaturlaub beantragen, koste es, was es wolle. Er musste einfach nach Hause!

Das Schicksal seiner Soldaten war ihm nicht egal, aber das Schicksal seines Kindes war ihm so viel wichtiger, er musste es sehen! Er faltete den Brief sorgfältig zusammen und steckte ihn in die Brusttasche, dann betrat er den Raum.

Der Kompaniegefechtsstand war karg eingerichtet, nur ein großer Tisch stand darin. Einige leere Holzkisten dienten als provisorische Stühle. Es roch muffig nach abgestandener Luft. Einige kleine Hindenburglichter spendeten etwas Licht. Auf dem, grob gezimmerten Tisch waren allerlei Karten ausgebreitet. Karten, die die Region zeigten und auf der tagtäglich Truppenbewegungen diskutiert wurden. Hans hatte zwar nicht viel zu sagen, aber es wurde von ihm erwartet, zuhören. Schließlich musste er die Befehle später ausarbeiten und auch einige davon selbst ausführen.

Während er in Gedanken bei seinem Heimaturlaub war, füllte sich der Raum immer weiter. Dieses Provisorium war so klein, dass kaum alle Offiziere und Unteroffiziersdienstgrade Platz fanden, doch eine bessere Lösung gab es in dieser gottverlassenen Gegend nicht.

Hauptmann Sommer, der Kompaniechef, ergriff das Wort, sobald die Tür geschlossen war, aber Hans hörte nicht richtig zu. Er hielt sich im Hintergrund – alle konnten die Karten ohnehin nicht sehen – und legte sich Formulierungen für später zurecht. Er wollte diesen Heimaturlaub und er würde ihn kriegen! Was die Offiziere und die anderen Kameraden erklärten, interessierte ihn heute nicht sonderlich.

Die Besprechung dauerte heute ungewöhnlich lang, was Hans der angespannten Lage zuschrieb. Was sollte man auch machen, wenn einem der Rückzug verboten war und man aber nichts gegen die Russen machen konnte? Er schweifte mit den Gedanken immer wieder zu Marie und ihrem ungeborenen Kind. Wie weit die Schwangerschaft wohl schon fortgeschritten war? Briefe konnten manchmal lange dauern. Hans hatte in der Eile auch das Datum des Briefes nicht gesehen. Sie hatten sich eigentlich angewöhnt, das Datum auf die Briefe zu schreiben, damit sie beobachten konnten, wie lange Briefe bis zu ihrer Zustellung brauchten. Für einen Moment war er versucht, den Brief aus seiner Brusttasche zu nehmen und nachzuschauen, aber er verkniff sich den Impuls. Die Offiziere mochten es überhaupt nicht gerne, wenn man mit den Gedanken woanders war, vor allem während Besprechungen. Er konnte froh sein, dass sie es bisher nicht bemerkt und geahndet hatten. Wenn man ruhig blieb, ließen die Offiziere einen meistens in Frieden. Hans schloss für einen Moment die Augen, dann fokussierte er sich wieder auf das Gespräch. Zu lange wollte er auch nicht geistig abwesend sein und eine Standpauke riskieren. Hauptmann Sommer entließ sie gerade alle aus der Besprechung und der Adjutant rollte schon die Karten zusammen. Die Besprechung war fürs Erste also beendet und Hans hatte nichts davon mitbekommen. Darum würde er sich später kümmern müssen.

Währen sich der Kellerraum langsam leerte schlug sich Hans zu seinem Zugführer, der noch nicht hinausgegangen war durch, Dieser klemmte sich gerade eine kleine Karte unter den Arm.

„Leutnant Meier, haben Sie einen Augenblick Zeit?"

Sein Vorgesetzter schielte vielsagend auf die Karte unter seinem Arm. Hans bemühte sich um einen versöhnlichen Tonfall. Leutnant Meier war für gewöhnlich ein netter und umgänglicher Vorgesetzter, der mit Freundlichkeit viel anzufangen wusste.

„Es ist auch nur eine Kleinigkeit, bitte. Ich lasse Sie schnell wieder in Ruhe."

Er seufzte und wandte sich Hans zu.

„Von mir aus, aber wirklich kurz. Die Lage lässt keinen Aufschub zu."

Hans nickte und straffte seine Schultern.

„Ich möchte um Heimaturlaub bitten. Ich weiß, die Lage gibt es gerade eigentlich nicht her, aber ich habe erfahren, dass ich Vater werde und ich möchte das Kind unbedingt einmal sehen."

Leutnant Meier starrte ihn einige Sekunden unverwandt an, dann seufzte er.

„Mensch, Schneider, eigentlich müsste ich ihnen an den Kopf werfen, wie verrückt sie sind, das in dieser Lage zu fordern. Doch ich bin selbst Vater und ich kann Sie wirklich gut verstehen."

Hans lächelte und triumphierte innerlich, aber nur, bis er die runtergezogenen Mundwinkel seines Zugführers entdeckte. Das konnte nichts Gutes verheißen.

„Sie wissen, ich kann über den Urlaub nicht alleine entscheiden. Wenn es nach mir ginge, könnten Sie gehen", er klopfte Hans auf die Schulter, „aber ich verspreche Ihnen, ich werde mich für Sie einsetzen. Sie kriegen von mir Bescheid, sobald ich eine endgültige Aussage habe." Meier wandte sich ab und war schon fast zur Tür hinaus. „So, jetzt muss ich diese verfluchte Karte aber loswerden, Schneider. Sein Sie sicher, ich werde mir die größte Mühe geben, dass Sie ihr Kind sehen können. Drücken Sie mir alle Daumen."

Hans seufzte resigniert und trottete aus dem Gefechtsstand. Natürlich, das hatte er in seiner Euphorie völlig vergessen. Zwar musste er seinen Zugführer um Urlaub fragen, aber er war es nicht, der die alleinige Entscheidungsgewalt innehatte. Jetzt konnte er nur hoffen, dass ihm alle so wohl gesonnen waren wie sein Zugführer. Oder sollte er sich wegschleichen und bis nach Deutschland durchschlagen? Nein, die Idee war nicht gut. Quer durch Russland und durch das Sudetenland wäre es bestenfalls abenteuerlich und keine Garantie, heil zu Hause anzukommen. Hans verwarf den Gedanken schnell wieder. Zu desertieren wäre definitiv die schlechteste Lösung. Wenn sie ihn erwischten, würden sie ihn an die Wand stellen und er würde Marie und sein

Kind nie wieder sehen. Das durfte nicht passieren, nicht so. Er musste einfach Vertrauen haben.

Es dauerte nur wenige Tage, bis Leutnant Meier eines Abends wieder auf Hans zukam. Als Hans ihn bemerkte, rutschte ihm sofort das Herz in die Hose.

„Oberfeldwebel Schneider", dröhnte er und klopfte ihm auf die Schulter. „Ich habe hier etwas für Sie. Das wird ihre Laune sicherlich heben." Er fummelte aufwändig ein Stück Papier aus seiner Jackentasche und reichte es Hans.

Dieser faltete das Papier auseinander. Ein unterschriebener und genehmigter Fronturlaubsantrag! Hans' Grinsen wurde breiter und er bemühte sich, dem Oberfeldwebel nicht vor Freude um den Hals zu fallen. Das war tatsächlich die beste Nachricht seit Tagen und seine Stimmung war sofort auf dem Höhepunkt. Er faltete das Papier sorgsam und steckte es in die Brusttasche seiner Jacke. Dort würde es nicht abhandenkommen.

„Das ist wirklich außerordentlich schön, da haben Sie Recht."

Leutnant Meier nickte ausladend und klopfte Hans auf die Schulter.

„Das habe ich mir doch fast gedacht. Es war auch gar nicht schwer, Ihren Antrag durchzukriegen. Ein bisschen auf die Tränendrüse drücken, ein bisschen mit Vatergefühlen spielen ... Wie sie gewünscht haben: Der Fronturlaub ist vorsorglich für März 44 genehmigt."

Hans lächelte gezwungen. Sein Vorgesetzter wurde unter Alkoholeinfluss immer allzu redselig und er wollte nicht in irgendeinen Streit mit hineingezogen werden, weshalb er ihm die Hand reichte.

„Nochmals vielen Dank, Herr Leutnant. Dann wünsche ich für die nächsten Wochen viel Erfolg im

Gefecht. Auf dass ich nach dem Urlaub noch zu einer Infanterie zurückkehren kann."

Auch diese Worte hätte er nicht zu jedem sagen können, aber sein Vorgesetzter war selbst im betrunkenen Zustand erstaunlich realistisch, was ihre Situation betraf. Er ergriff Hans' Hand und drückte sie kurz.

„Und ich wünsche Ihnen das Gleiche – und uns. Das werden keine einfachen Wochen." Er streckte die Hand zum Hitlergruß und beendete damit das Gespräch.

Wie immer, wenn Hans den Gruß zeigen musste, hatte er ein flaues Gefühl im Magen, aber über den Zeitpunkt, sich weigern zu können, waren sie längst hinaus.

Hans verließ den Bunker und ging in den Unterstand seiner Kameraden. Zuerst setzte er einen Brief auf, in dem er Marie seinen genehmigten Urlaub mitteilte und den er heute Abend noch der Posteinheit nach Hause mitgeben wollte. Der Brief würde sie noch rechtzeitig erreichen,

Nachdem er den Brief fertig geschrieben hatte, machte er sich daran, seine Habseligkeiten zurecht zupacken. Ein kleiner Teil von ihm hoffte, wenn er erst auf Urlaub war, dass er nie wieder an die Front würde zurückgehen müsste. Der Realist in ihm wusste allerdings, dass das ein unmöglicher Wunsch war. Auch wenn er und viele andere den Krieg schon als verloren brandmarkten, ihr Oberster Führer Adolf Hitler bestand darauf, unterzugehen.

Stalingrad war für die heute noch lebenden Soldaten ein warnendes Beispiel geworden und wenn man der Propaganda glauben mochte, waren die Ressourcen noch lange nicht erschöpft – zum Leidwesen der Soldaten an der Front.

So blieb Hans eigentlich nur zu hoffen, dass sie den Krieg bald verlieren würden und von den Siegern dann nicht allzu hart bestraft werden würden.

Hans vertrieb die negativen Gedanken aus seinem Kopf und fokussierte sich auf seinen Heimaturlaub. Egal, was danach kommen sollte, er würde die Zeit bei seiner kleinen Familie in vollen Zügen genießen und keine einzige Sekunde an diesen unsäglichen Krieg verschwenden.

19. März 1944

Als Marie den Brief zum ersten Mal las, konnte sie es gar nicht glauben. Nicht nur, dass sie nicht daran geglaubt hatte, dass ihr Brief an die Front kommen würde. Auch, dass Hans ihr schreiben würde und sogar Urlaub bekam, schien ihr unwirklich. Doch sie freute sich natürlich übermäßig. Die Geburt von dem kleinen Hans war reibungslos verlaufen und Marie fühlte sich trotz des Schlafmangels schon wieder einigermaßen erholt. Die Geburt an sich hatte sie gut verkraftet und die Schmerzen ließen allmählich nach. Vielleicht vertrieb aber auch die Euphorie über Hans' Besuch jegliche Müdigkeit.

Erich war jetzt gerade unterwegs, um ihn vom Bahnhof abzuholen. Zwar hatten Lisa und vor allem Marie ihn begleiten wollen, aber er hatte sich standhaft geweigert, die Frauen mitzunehmen. Mit seiner Begründung hatte er nicht ganz unrecht: Falls eine Bombe in der Gegend fiele, wäre der Bahnhof neben der I.G. Farben eines der beliebteren Ziele der Stadt. Deshalb protestierte Marie auch nicht lange, sondern schickte stumme Gebete in den Himmel, die beiden Männer mögen heil zu Hause ankommen. Hans lag in seinem Kinderwagen und schlief selig – er bekam von alldem nichts mit. Er war ein ausgesprochen braves Kind, das selten jammerte und gerne herumgetragen wurde. Immer, wenn Marie ihn ansah, musste sie lächeln. Hans war ihr ganzes Glück. Er sah seinem Vater ähnlich, zumindest fand das Marie, auch wenn ihre Mutter sagte, er habe mit ihr genauso große Ähnlichkeit. Für Marie war er eine kleine Ausgabe ihres Mannes.

Sie hatten sich allesamt bei Erich zu Hause verabredet. Sein Haus war näher am Feld und sie wollten keinen Bombenalarm während des Besuchs riskieren. Bisher waren die Bomben alle erst in der Innenstadt eingeschlagen, Rheingönheim und insbesondere ihre Häuser waren bisher verschont geblieben. Allerdings wollten sie sich nicht darauf verlassen, dass es ewig so bleiben würde. Je weiter sie von der Stadtmitte entfernt waren, desto sicher fühlten sie sich.

Marie war aufgrund des Besuchs aufgeregt und stand auf, um im Haus umherzulaufen. Sie hatte den alten Hans, wie sie ihn nannte, nun schon fast ein Jahr nicht gesehen, nur Fotos hatte er ihr ab und zu mitgeschickt. Nervös richtete sie ihr Haar und zog den Rock glatt. Die Geburt hatte ihr Körper ganz gut weggesteckt, nur noch ein paar Speckröllchen zierten ihre Hüften. Bisher hatte Marie sich nicht darum geschert, aber würde Hans sich damit zufriedengeben? Was würde er zu seinem Sohn sagen? Den Namen hatte sie ohne ihn bestimmt. Ob er ihm wohl gefiel? Oder würde er sich übergangen fühlen? So viele Fragen schwirrten in ihrem Kopf und machten Marie nur noch nervöser als sie ohnehin schon war.

Die Tür ging und Marie hielt inne. Ihr Herz klopfte bis zum Hals. Das mussten Erich und Hans sein! Sie eilte zur Tür und stieß dort fast mit Lisa zusammen, die ebenso freudig und aufgeregt herbeigeeilt kam.

„Mach du auf, es ist dein Haus", meinte Marie und trat einen Schritt zurück. Lisa öffnete und Erich begrüßte sie überschwänglich mit einem Kuss. Hinter ihm trat Hans in das Haus und sah sich gleich nach Marie um.

Als er sie entdeckte, lächelte er und ging auf sie zu. Auf ihre Wangen hatte sich ein Rotschimmer gelegt und sie wirkte fast verlegen, wie sie ihn von unten anlächelte und ihm zublinzelte.

„Du hast mir sehr gefehlt", begrüßte er sie und zog sie in eine innige Umarmung. Es tat unbeschreiblich gut, wieder Menschen an sich zu spüren und nicht die Wirren des Krieges tagaus, tagein.

Marie schloss genießerisch die Augen und sog den herben Duft seiner Uniform ein. Rauch, Staub und Waschmittel vermischten sich zu einem eigentümlichen Duft, so rochen nur Soldatenuniformen.

„Du hast mir auch sehr gefehlt. Geht es dir gut? Hast du Verletzungen?"

Hans breitete die Arme aus und drehte sich einmal um die eigene Achse.

„Alles noch dran und alles noch ganz, wie versprochen, bevor ich gefahren bin." Er grinste und zwinkerte seiner Frau zu.

Marie atmete erleichtert auf und ein riesiger Stein fiel von ihrem Herzen. Zwar hatte ihr Hans das auch schriftlich versichert, aber ihn unverletzt zu sehen, erleichterte sie noch ein wenig mehr.

„Marie, wie wäre es, wenn du Hans mal seinen Sohn zeigst? Erich und ich können schon in die Küche gehen und ihr kommt dann einfach nach?", schlug Lisa vor und unterbrach damit die Zweisamkeit.

Marie nickte begeistert und griff nach Hans' Hand, ihre Laune war so gut wie lange nicht mehr.

„Du wirst Augen machen! Er sieht genauso aus wie du", erklärte sie lächelnd.

„Na, dann zeig mir mal den kleinen Jungen, wenn er mir so ähnlich sieht." Hans gluckste und ließ sich widerstandslos in die Stube führen. Endlich würde er seinen Sohn sehen!

Hans junior war inzwischen aufgewacht und quengelte, weshalb ihn Marie gleich auf den Arm nahm. Verschlafen rieb er sich die Augen und lehnte sich an die Schulter seiner Mutter. Obwohl Hans junior nur wenige Tage alt war, besaß er schon einen ansehnlichen Schopf schwarzer Haare, was ungewöhnlich war für ein Neugeborenes. Sein Vater beugte sich zu ihm und betrachtete ihn.

„Und du hast ihn wirklich auf den Namen Hans taufen lassen?", fragte er. Dieses winzige Wesen war von ihm? Er konnte den Blick gar nicht mehr abwenden. Hans war fasziniert von diesem wachen Blick und dem einnehmen Lächeln.

„Ja, weil er dir so ähnlich sieht. Er hat auch deine Nase und deine Augenfarbe, findest du nicht?"

Hans senior betrachtete das propere Baby und streichelte ihm vorsichtig über die Haare.

„Er sieht so viel älter aus mit den vielen Haaren. Ich kann kaum glauben, dass er noch so jung sein soll, aber ja, ein bisschen ähnlich sieht er mir schon. Das wäre bei seinem Vater ja auch angebracht ..."

Für einen Augenblick trat ein verletzter Ausdruck auf Maries Gesicht und Hans schluckte. Erst jetzt fiel ihm auf, welche Wirkung seine Worte auf Marie gehabt haben mussten. Er fasste sie an der Schulter.

„Bitte, versteh' das nicht falsch! Ich zweifle nicht eine Sekunde daran, dass das mein Sohn ist, Marie. Das war gedankenlos daher gesagt. Bitte verzeih' mir! Hat man dir im Dorf etwa solche Dinge vorgeworfen? Du hast mir gar nichts davon geschrieben ..."

Marie fasste sich wieder und seufzte kurz.

„Nein, im Dorf hat niemand was gesagt, öffentlich jedenfalls nicht. Meine Mutter hat ganz am Anfang der Schwangerschaft mal einen blöden Scherz gemacht, aber seitdem nicht mehr. Nur wenn ich das höre, kommt es mir immer wieder ins Gedächtnis ... Das ist einfach keine schöne Erfahrung ..."

Hans umarmte vorsichtig Mutter und Kind, der Junior brummte und quengelte wegen der unerwünschten Enge um ihn herum.

„Entschuldige bitte, dass ich diese Worte gewählt habe. Ich werde in Zukunft besser darauf achten und wenn dir jemand im Dorf oder generell jemand irgendwas an den Kopf wirft, sag es mir bitte. Ich werde mich darum kümmern, dass die Gerüchte verstummen. Das verspreche ich dir."

Marie hob fragend eine Augenbraue und rückte Hans auf ihren Armen zurecht. Hans senior betrachtete sie einen Augenblick und lachte dann kurz auf.

„Oh, waffenlos natürlich. Du kennst mich doch!", wehrte der erwachsene Hans ab und löste die Umarmung wieder. „Meinst du, ich kann mein Kind mal halten?", fragte er mit einem zärtlichen Blick auf seinen Sohn.

Marie zögerte. Sie gab Hans ungern aus der Hand, aber natürlich hatte sein Vater ein Recht darauf.

„Ich weiß nicht, wir können es versuchen, aber ich glaube nicht, dass Hans zu dir schon genug Vertrauen gefasst hat. Wenn er quengelt, behalte ich ihn, ja?"

„Natürlich", stimmte Hans zu und breitete die Arme aus.

Sobald Marie den kleinen Hans von ihrem Körper löste, begann er zu quengeln und in die Arme seines Vater wollte er überhaupt nicht. Marie nahm ihn wieder auf den Arm und wiegte ihn, damit er sich beruhigte. Insgeheim atmete Marie erleichtert auf, ließ sich aber nichts anmerken.

„Hans muss dich einfach noch ein bisschen kennenlernen, dann ist er bestimmt gerne auf deinem Arm. Du bleibst jetzt eine Weile, oder?"

Hans nickte und schob die negativen Gefühle beiseite. Marie hatte gewiss recht, Hans musste sich noch ein wenig an seinen Vater gewöhnen. Mit der Zeit würde es besser werden – hoffte er zumindest.

Er folgte Marie, die den kleinen Hans auf dem Arm hatte, in die Küche zu Erich und Lisa. Lisa stand am Herd und kochte, während Erich seinen Neffen stolz betrachtete.

„Na, was sagst du zu deinem kleinen Mann?", fragte er, stand auf und gesellte sich zu Hans.

Dieser überlegte einen Augenblick. Es war noch immer so unwirklich, dass er einen Sohn haben sollte.

„Er ist klein", sagte er schließlich und Erich schüttelte lachend den Kopf.

„Wart's ab, du wirst dich schon noch an ihn gewöhnen. Hans ist ein kleiner Prachtkerl."

„Danke", schmunzelte Hans und Erich boxte ihm gegen den Arm.

„Was meine Schwester geritten hat, ihn auch Hans zu nennen, ist mir ein Rätsel. Das ist total umständlich, wenn du auch zu Hause bist. Außerdem ist der Name doch total altmodisch, wenn du schon so heißt."

„Ich hab' es ja nicht entschieden. Da musst du schon Marie fragen." Hans hob die Schultern, aber wenn er darüber nachdachte, mochte er es, dass sein Sohn nach ihm benannt war. Es machte ihn zu seinem Sohn, ganz egal, wie weit weg er war.

„Nicht jetzt", seufzte Erich. „Ich würde vorschlagen, wir vertreiben sie aus der Küche. Solange sie Hans auf dem Arm hat, versperrt sie ohnehin nur Platz hier. In der Stube kannst du sie löchern." Er nickte zu seiner Schwester und verdrehte die Augen.

Hans stand auf und fasste Marie an der Schulter. Die hatte sich mit Hans auf dem Arm zu Lisa an den Herd gestellt und unterhielt sich. Als sie seine Berührung spürte, hielt sie inne.

„Was gibt es?", fragte sie und wandte sich ihm zu.

„Erich hat vorgeschlagen, dass du mit Hans aus der Küche gehst, damit Lisa in Ruhe das Essen vorbereiten kann", erzählte er und warf dabei einen Blick auf seinen Sohn.

Er schlummerte friedlich an Maries Schulter. Marie warf einen kurzen Blick zu Erich, der sie angrinste, und seufzte.

„Erich will nur nicht, dass seinem Neffen irgendwas in der Küche passiert", erklärte sie schmunzelnd, „aber das würde er nie zugeben. Ich lege Hans in sein Bettchen, er schläft sowieso. Ich komme gleich wieder." Sie drückte sich an Hans vorbei aus der Küche und er glaubte, einen besorgten Ausdruck auf ihrem Gesicht zu erkennen.

Seinem Instinkt folgend lief er hinter Marie her. Er wartete, bis sie Hans in seinem Bettchen verstaut und zugedeckt hatte, dann nahm er ihre Hand.

„Sag mal, ist alles in Ordnung? Oder bedrückt dich irgendwas?", fragte er behutsam.

Sofort kehrte der besorgte Ausdruck auf ihr Gesicht zurück und sie drückte seine Hand. Sie seufzte und schloss für einen Moment die Augen.

„Ich freue mich sehr, dass du zurück bist, aber ich habe mich immer gefragt, was ist, wenn du nicht mehr wieder kommst ..."

Hans nahm Marie in den Arm und streichelte ihr über die Haare. Er wollte stark sein, aber auch er hatte einen Kloß im Hals. Natürlich dachte er jeden Tag daran, was war, wenn er nicht mehr sein würde. Wenn er im Krieg umkommen würde, doch er gab sich größte Mühe, seine Gedanken davon nicht beherrschen zu lassen. Das war nicht gut.

„Lass uns gar nicht so weit denken. Lass uns einfach glauben, dass ich heil wiederkomme und wenn dieser Krieg zu Ende ist, werden wir eine kleine Familie."

Marie unterdrückte mühsam ein Schluchzen, dann löste sie sich aus der Umarmung und wischte sich die Tränen aus den Augenwinkeln.

„Meinst du, das Elend ist endlich bald vorbei? Ich kann es schon nicht mehr lesen, jeden Tag Tote und Bombeneinschläge ... und irgendwo dazwischen bist vielleicht du und jedes Mal habe ich einen Kloß im Hals, wenn ich lese ...“

„Wenn ich das vorhersehen könnte, wäre ich glücklicher“, seufzte Hans und legte Marie eine Hand auf die Schulter. „Lass uns einfach hoffen, dass der Krieg zu Ende geht, solange ich Urlaub habe. Ich würde es mir jedenfalls wünschen. Lieber bleibe ich hier bei meiner Frau und meinem Sohn, das schwöre ich.“

Marie legte eine Hand auf seine und lächelte.

„Ich wünsche mir das auch. Jetzt lass uns gehen. Hans hat am liebsten seine Ruhe beim Schlafen, er wacht bei jeder Kleinigkeit auf. Er schläft so friedlich, was ich um unser aller Willen nicht stören möchte.“

Hans warf einen kurzen Seitenblick auf seinen Sohn, der seinen Kopf gerade zur anderen Seite drehte. Ansonsten schien er aber noch friedlich zu schlummern.

„Ja, wir gehen“, stimmte er zu und folgte Marie.

02. April 1944

Die Tage bei seiner Familie waren für Hans Balsam für die Seele. Bisher hatte er nicht einen Bombenalarm erlebt. Je länger er hier lebte, desto weniger dachte er im Alltag an den Krieg. Sein Sohn hielt ihn auf Trab, aber das war für ihn die schönste Aufgabe, die man ihm hätte geben können. Zwar war er auch erst eine Woche hier, aber im Vergleich zu seinem Leben an der Front war es herrlich ruhig und friedlich.

Hans war jetzt bei Marie, Hans junior und seiner Schwiegermutter eingezogen und half im Laden oder kümmerte sich um seinen Sohn, während die Frauen im Laden standen. Den Alltag zum ersten Mal mitzuerleben, tat ihm gut und gab ihm eine Aufgabe, sodass er gar nicht dazu kam, zu viel nachzudenken. Nur gelegentlich warf er einen Blick in die Zeitung, verfolgte das Geschehen aber nicht akribisch.

Sein Sohn kam immer besser mit ihm zurecht und gewöhnte sich jeden Tag ein wenig mehr an seinen Vater. Er hatte es sich zur Gewohnheit gemacht, den Kinderwagen zu schieben, wenn sie einen Spaziergang machen. Dabei musterten ihn die Menschen, die ihm entgegenkamen, neugierig. Auf dem Dorf war es nicht üblich, dass die Väter sich mit ihrem Kind abgaben, geschweige denn überhaupt da waren. Hans war überzeugt, alleine seine Uniform bewahrte ihn vor Gerede, weshalb er sie konsequent trug, wenn er vor die Tür ging. Er war sich dessen bewusst, dass es ungewöhnlich war, wenn ein Vater den Kinderwagen schob, aber er hätte für nichts in der Welt darauf verzichtet, sich an der Erziehung seines Sohnes zu beteiligen.

Auch heute war die Reihe wieder an ihm, sich um Hans zu kümmern. Marie und ihre Mutter standen schon eine ganze Weile im Laden und Hans konnte hören, dass es dort reges Treiben gab. Kundinnen schnatterten und gingen in Grüppchen ein und aus, um auf der Straße noch die Neuigkeiten weiter zu besprechen. Er hatte es sich im Hof gemütlich gemacht, direkt neben dem Ladenzimmer im Haus. Dort saß er in einem bequemen Stuhl, ließ sich die Sonne auf den Bauch scheinen, während Hans junior friedlich auf seiner Brust schlummerte. Hans betrachtete seinen Sohn voller Liebe. Er hätte es nicht geglaubt, wenn es ihm jemand gesagt hätte, aber er hatte noch nie größeres Glück empfunden, wenn er Zeit mit seinem Sohn zu zweit verbrachte. Nichts war mehr wichtig, außer dass es seiner Familie an nichts fehlte.

Sein Sohn brummelte und wachte langsam auf. Er blinzelte gegen die Sonne und schmatzte verschlafen. Sofort legte Hans die Arme um seinen Sohn und streichelte ihm über die Wange.

„So lässt es sich schlafen, oder nicht?", gluckste er, noch immer voll Glück und Zufriedenheit.

Hans junior gähnte herzhaft und ließ seinen Kopf wieder auf die Brust seines Papas plumpsen.

„Wenn du ein bisschen wacher bist, gehen wir mal schauen, was Mama und Oma so machen, ja? Die arbeiten schon den ganzen Tag und haben dich heute noch gar nicht gesehen."

Natürlich gab Hans ihm keine Antwort, aber er streckte sich in regelmäßigen Abständen, gähnte und rieb sich den Schlafsand aus den Augen. Alle redeten so mit Hans – wie hätte er auch selbst zu reden lernen sollen, wenn nicht durch Zuhören? Deshalb sprach er so oft und so viel wie möglich mit ihm. Als Hans das Gefühl hatte, sein Sohn war wenigstens halbwegs wach, stand er umsichtig auf und schlenderte mit seinem Sohn auf dem Arm in den Laden.

Dort kauften gerade zwei Nachbarinnen, die schon älter waren, ein. Während eine gerade mit Maries Mutter zugange war, neigte die andere Nachbarin den Kopf, als sie die beiden Männer eintreten sah.

„Also dass ich das noch erlebe, dass ein Mann sich um sein Kind kümmert", seufzte sie verzückt.

„Hans hat gerade Fronturlaub und soll die Zeit mit seinem Sohn genießen", erklärte Marie lächelnd und wandte sich der Kundin zu.

Diese seufzte und tätschelte Hans junior den Kopf, der unzufrieden brummelte. Er mochte es überhaupt nicht, einfach angefasst zu werden und dazu noch von Fremden, aber niemand protestierte.

„Die Kinder von heute werden es nicht leicht haben", seufzte die Kundin wiederum. „So viele Väter werden nicht zurückkommen ..."

Hans und Marie tauschten einen langen Blick miteinander.

„Hoffen wir, dass der Krieg möglichst bald zu Ende ist", erwiderte Marie und reichte der Frau die gewünschten Waren.

Ihre Kundin nickte, nahm die Waren entgegen und zahlte.

„Da sagst du was Wahres, mein Kind. Drücken wir alle die Daumen, dass es besser wird. Bis die Tage! Macht es gut, ihr Lieben."

Mit diesen Worten verließ sie den Laden und auch die zweite Kundin hatte bereits bezahlt und ging nur Augenblicke danach durch die Ladentür. Endlich war auch einmal nichts los und die Frauen hatten eine kleine Auszeit. Marie nahm ihren Sohn auf den Arm und knuddelte ihn.

„Wie geht es euch beiden? Ist er brav? Kommt ihr zurecht?"

„Sehr. Er hat eine ganze Weile auf mir geschlafen und als er aufgewacht ist, haben wir uns entschlossen, euch mal besuchen zu gehen. Wir verstehen uns prächtig", verkündete Hans stolz und strahlte. Dass sein Sohn jetzt einfach so auf ihm einschlief, ehrte ihn mehr als es jemals etwas anderes könnte.

Marie lächelte stolz. Nach anfänglichen Zweifeln war sie jetzt überzeugt davon, dass Hans ein toller Vater war.

„Das klingt wunderbar. Ich gehe mit ihm mal kurz in die Stube, vielleicht hat er Hunger. Bleibst du so lange hier?"

Hans nickte und ging aus dem Laden durch das Hoftor ins Haus hinein, um hinter die Theke zu gelangen. Wohn- und Verkaufsraum waren nur marginal getrennt so wie in vielen kleinen Einkaufsläden der Gegend. Im Gang traf er mit Marie und Hans zusammen und drückte beiden einen Kuss auf den Scheitel.

„Bis gleich und guten Appetit, ihr zwei."

Marie lächelte und Hans schlenderte hinter die Theke.

Seine Schwiegermutter bediente gerade den einzigen Kunden, weshalb er sich mit dem Zurechtrücken von Waren beschäftigte. Weil das eigentlich nicht nötig war, der Laden war immer akkurat aufgeräumt, lehnte er sich auf die Theke und las im Kassenbuch. Er hatte die Erlaubnis dazu bekommen, sobald er hier eingezogen war, obwohl er sich gesträubt hatte. Dass das Geschäft lief, bewiesen Marie und ihre Mutter zu Genüge. Eigentlich hätte er sich nicht einmischen wollen, aber Marie und ihre Mutter bestanden darauf. Sich mit den Zahlen zu beschäftigen, machte ihm Spaß und er hatte den Frauen noch einige Kniffe aus seiner Ausbildung beigebracht, sodass es jetzt noch besser lief als zuvor, wenn die Ware vollständig vorhanden war.

Obwohl es momentan schwieriger wurde, konnten sie sich immer noch mit dem Laden ernähren. Jedoch wurden die Lebensmittel langsam knapp und schwierig zu bekommen und immer öfter kam es vor, dass sie Kunden vertrösten mussten. Auch deshalb hoffte Hans, der Krieg möge bald vorbei sein. Er konnte nicht abschätzen, wie lange der Laden den Krieg noch aushalten würde.

„Na, sind unsere Zahlen in Ordnung?", unterbrach Elsa seine Gedankengänge und er richtete sich wieder auf.

„Ach ... ja, natürlich. Entschuldige, ich wollte nicht in dein Gespräch platzen."

Sie schüttelte den Kopf und schnalzte mit der Zunge.

„Nimm dir nicht immer alles so zu Herzen, was ich sage. Ich weiß, dass du es gut meinst mit uns. Gibt es denn schon etwas Neues, wann du wieder gehen musst? Hast du Meldung erhalten?"

Hans hob die Schultern.

„Naja, mein Urlaub geht noch zwei Wochen, ich müsste mich also nächste Woche mal darum kümmern, wieder an die Front zu reisen. Ich bin gerade nicht so sehr informiert über das Kriegsgeschehen, aber ich denke nicht, dass sich der Krieg innerhalb einer Woche in Luft auflöst. Oder was meinst du?"

Elsa lachte bitter auf und schüttelte seufzend den Kopf.

„Nein, daran glaube ich ehrlich gesagt auch nicht. Die Nazis wollen einfach mit Pauken und Trompeten untergehen, statt sich zu ergeben, nicht wahr?"

Hans nickte und stemmte die Hände in die Hüften, um tief Luft zu holen. Das Thema nervte ihn zunehmend, aber was gab es schon anderes? Die Bombenangriffe? Das war das Gleiche. Man konnte sich nur noch über Krieg unterhalten, was anderes bestimmte den Alltag nicht mehr.

„Da wirst du recht haben. Jedenfalls sehe ich das genauso wie du. Ob das meine Kameraden alle so sehen ... Das bezweifle ich einfach mal."

Sie wollte gerade etwas erwidern, als zwei Männer den Laden betraten. Sofort verstummten sie und Elsa wendete sich ihnen zu.

„Die Herren, was kann ich für Sie tun?", fragte sie und wechselte dabei automatisch in den Kundentonfall, den sie über all die Jahre antrainiert hatte. Die beiden fremden Männer holten wortlos ihre Dienstmarken hervor, die sie als Gestapo-Beamte auswiesen.

Hans musterte die Kerle. Sie waren jünger als er. Der jüngere der beiden trug noch nicht einmal einen Bart. War er überhaupt schon volljährig? Dem Gesetz nach musste er das natürlich sein, aber Hans fiel schwer, das zu glauben. Der ältere der beiden trat vor und musterte den Laden ausgiebig.

„Der Laden läuft gut, nehme ich an?", fragte er betont beiläufig und Hans stellten sich die Nackenhaare auf. Er hasste die Gestapo seit dem ersten Tag, vor allem für ihre Methoden von denen man schon das ein oder andere hörte. Irgendwas führten sie im Schilde, er hatte es nur noch nicht herausgefunden, aber sie mussten vorsichtig sein, nichts Falsches zu sagen.

„Es war schon besser, aber wir können uns noch über Wasser halten", antwortete Elsa vage und wies auf die Ware. „Also, wie kann ich den Herren denn helfen? Ein kleiner Magenbitter vielleicht?"

Jetzt trat der Kleine vor und schob wie zufällig seine Jacke zur Seite. Hans entdeckte in seinem Hosenbund eine Pistole und er war sich sicher, dass auch Elsa sie bemerkt hatte, sie sog scharf die Luft ein.

„Wir haben davon gehört, dass sie den Krieg gar nicht so gut finden, wie sie es vielleicht tun sollten", bemerkte er süffisant grinsend, „aber vielleicht hat sich da jemand auch nur verhört. Oder was meinen Sie dazu, gnädige Frau?"

Weil Elsa in eine Schockstarre verfallen war, trat Hans vor. Er bereute es, seine Uniform gerade nicht zu tragen – immerhin trug er ja auch einige Orden, wie zum Beispiel das Kriegsverdienstkreuz erster und zweiter Klasse, das hätte bestimmt Eindruck bei diesen halben Portionen gemacht.

„Meine Schwiegermutter hat vielleicht bemerkt, dass sie ohne Krieg ein wenig mehr Umsatz hätte, das können Kunden auch schon mal mutwillig missverstehen, finden Sie nicht, werte Herren?"

Der junge Kerl musterte ihn abfällig.

„Und Sie sind?"

„Oberfeldwebel Schneider", antwortete Hans und straffte die Schultern. Wenigstens die Körperhaltung sollte Autorität ausstrahlen.

Die Gestapo-Männer musterten ihn abfällig von Kopf bis Fuß.

„Können Sie sich ausweisen?"

Hans reichte ihnen sein Soldbuch, den der ältere Gestapo-Beamte ausgiebig studierte.

„Aha, Oberfeldwebel Schneider. Und warum sind sie nicht an der Front? Ich kann mich täuschen, aber im Osten brauchen wir gerade jeden Mann, oder nicht?" Er gab Hans sein Soldbuch zurück.

„Ich habe Fronturlaub, ich bin noch bis nächste Woche beurlaubt", antwortete Hans knapp. Aus den Augenwinkeln nahm er wahr, dass Elsa sich zurückgezogen hatte.

Der junge Kerl wollte ihm etwas entgegenschleudern, aber sein Kamerad stoppte ihn mit einer Handbewegung.

„Das hat wohl alles seine Richtigkeit, nicht wahr, Oberfeldwebel? Wir sind eigentlich nicht wegen Ihnen hier, oder ist das ihr Haushalt?"

„Nein, wobei ich nicht weiß, was ist, wenn der Krieg zu Ende geht. Das ist das Haus meiner Frau und Schwiegermutter, wir haben uns im Krieg kennengelernt und werden danach als verheiratetes Paar leben."

Sein Gegenüber hob nur die Augenbrauen und machte sich Notizen in ein kleines Büchlein. Für Hans war das alles noch nicht ausgestanden und er überlegte sich die Worte genau, bevor er die Gestapo-Männer beschwichtigte.

„Hören Sie, vielleicht hat jemand ein paar Worte in den falschen Hals bekommen. Seit dem Krieg geht es dem Laden immer schlechter und wir hoffen alle, dass sich das mit dem siegreichen Ende des Krieges wieder beruhigt. Das bedeutet aber nicht, dass sie gegen Krieg sind. Die Sorgen darum, genug zu essen zu haben, haben doch nichts mit der Unterstützung für den Führer oder der Zustimmung zum Krieg zu tun."

Ein paar Sekunden angespannte Stille folgte, in denen Hans die Luft anhielt. Probleme mit der Gestapo, kurz bevor er wieder an die Front musste, waren das Letzte, was er brauchte.

„Vielleicht sagen Sie Ihren Frauen, dass sie künftig ein wenig mehr auf ihre Wortwahl achten sollen", sagte der Ältere schließlich, wonach Hans so unauffällig wie möglich aufatmete. Die Wortwahl ließ ihn glauben, dass sie das Schlimmste überstanden hatten.

„Ich kann die Sorge durchaus verstehen, schließlich trägt Ihre Familie mit dem Laden zur Versorgung des deutschen Volkes bei und ist wichtig. Trotzdem, Sie wissen, es gibt in letzter Zeit immer mehr Deserteure und Verräter. Wir werden heute nochmal ein Auge zudrücken, sollten wir aber nochmal etwas hören, werden wir keine Gnade mehr walten lassen."

Der ältere Gestapo-Mann gab dem jungen ein Zeichen, wonach sie den Laden grußlos verließen. Hans ließ sich sogar zum Hitlergruß hinreißen, um den Gestalten bloß keinen Grund zu geben, sich noch mehr Gedanken über ihn und seine Familie zu machen.

Hans' Körperhaltung entspannte sich und er schloss für einen kurzen Augenblick die Augen. Aus dem Wohnbereich kamen Marie und ihre Mutter mit Hans auf dem Arm.

„Ist wieder alles in Ordnung?", fragte Elsa scheu und blickte ängstlich zur Tür.

„Für den Moment jedenfalls schon." Hans seufzte und nahm Marie in den Arm, die ebenfalls ängstlich die Tür beäugte.

„Was wollten die?", fragte Marie mit zitternder Stimme.

„Sie waren da, weil jemand von uns angeblich was gegen den Führer gesagt hat", antwortete Hans und Marie erschrak. Sie presste sich die Hand auf den Mund.

„Kann es sein, dass es ist, weil ich mir vorhin gewünscht habe, dass der Krieg bald vorbei ist?"

Hans nickte und nahm Marie noch fester in den Arm, er wollte sie beschützen.

„Ja, ich fürchte, das war der Grund. Ihr müsst wirklich künftig aufmerksamer sein, was ihr sagt. Ich konnte das jetzt klären, aber ich bin bald nicht mehr hier."

Marie legte den Kopf an Hans Schulter, Tränen liefen ihr über die Wangen.

„Das ist alles so schrecklich. Nichts kannst du mehr sagen. Wann ist das nur endlich vorbei? Das ist die Hölle ..."

Hans streichelte ihr über die Haare.

„Hoffentlich bald, Marie. Hoffentlich bald ...“

15. April 1944

Nur eine Woche nach dem Vorfall mit den Gestapo-Männern war Hans wieder nach Schlesien gereist. Von dortaus ging es dann mit der Reichsbahn zur Front. In den Abteilen saßen mehrere Soldaten, die wieder zu ihren Fronttruppenteilen reisten. Vor seiner Abfahrt hatte er den beiden Frauen noch eingeschärft, nur noch miteinander über den Krieg zu reden. Die Drohung der Gestapo war unmissverständlich gewesen und Hans bekam jedes Mal Bauchschmerzen, wenn er daran dachte, dass er jetzt nicht mehr eingreifen und sie schützen konnte. Für ihn war es aber das Schlimmste gewesen, seinen Sohn zurückzulassen. Er besaß nun ein kleines Foto von Hans, das er immer in seiner Brusttasche mit sich trug. War die Sehnsucht zu groß, betrachtete er das Foto, wie sein Sohn auf ihm lag. Hätte er das Foto nicht gehabt … Er hätte es für einen Traum gehalten und doch war er Vater und sehnte das Ende des Krieges jetzt nur umso mehr herbei.

Seine Kompanie war bei Hans' Ankunft unverändert dezimiert, Ersatz hatten sie kaum bekommen. Der Kompaniechef hatte Probleme mit der Stärke der einzelnen Züge und hatte einen aufgelöst, um ihn auf den Rest der Kompanie zu verteilen. Aber sie waren noch immer im selben Frontabschnitt eingesetzt. Hans bezog einen neuen Platz in einem Unterstand.

Er meldete sich bei seinem Zugführer zurück, der gerade den ruhigen Moment nutzte und Papiere durchsah. Als Hans in dem Bunker stand, sah er auf.

„Ach, Oberfeldwebel Schneider", sagte er und legte die Papiere zur Seite, um sich ganz auf ihn zu konzentrieren. „Ist Ihr Fronturlaub denn schon wieder vorbei?"

„Offensichtlich ja, Herr Leutnant. Ich bin gerade erst wieder angekommen." Hans schmunzelte. „Was gibt es Neues bei der Kompanie?"

Sein Vorgesetzter seufzte schwer und hievte sich aus dem Stuhl. Er strich sich nachdenklich über den Backenbart und lief vor Hans auf und ab.

„Erzählen Sie mir lieber von der Heimat. Sie sind doch Vater geworden, oder?" Er holte eine Flasche aus einer alten Holzkiste.

„Ein wenig Jägermeister für Sie?"

Hans hatte eigentlich keine Lust auf Alkohol, aber er nickte. Seinem Vorgesetzten den Schluck Alkohol zu verweigern, hatte sich schon oft als schlechte Idee erwiesen.

„Einen kleinen zum Einstand bitte nur. Ich möchte klar bleiben im Kopf."

Glücklicherweise hielt sich sein Vorgesetzter an die Bitte und goss ihm nur ein wenig von der Flüssigkeit in eine kleinen Emaillebecher ein. Er reichte ihm den Becher und sie stießen an. Der Jägermeister brannte in seiner Kehle, weswegen sich Hans leicht schüttelte, aber es gehörte eben zum guten Ton. Hoffentlich hatte er seinen Soll damit schon erfüllt.

„Und, wie war die Zeit zu Hause?", fragte sein Vorgesetzter und goss sich nach. „Auch noch einen?"

Hans hob seine Hand über den Becher.

„Bitte nicht, Herr Leutnant. Ich möchte mir heute einen Überblick verschaffen. Dafür brauche ich einen klaren Kopf, wie schon gesagt. In der Heimat war es übrigens nicht schlechter als hier. Zumindest nicht intakter ..."

Sein Vorgesetzter runzelte die Stirn.

„Sie kommen aus der Nähe vom Rhein, richtig?", fragte er und blätterte mit einer Hand in den Unterlagen, als wolle er seine Aussage nachprüfen.

„Ursprünglich nicht, aber ich habe in Ludwigshafen Frau und Kind, ja. Die I.G. Farben ist dort, weshalb Ludwigshafen regelmäßig von Fliegerangriffen geplagt ist." Bei dem Gedanken unterdrückte Hans ein Seufzen und er dachte mit Wehmut an seine Familie. Wie viel lieber er jetzt dort wäre ...

Sein Vorgesetzter räusperte sich und trank seinen zweiten Jägermeister in einem Zug.

„Ah, Ludwigshafen, ja. Das kann ich mir vorstellen, dass es dort schlimm aussieht."

Hans lachte auf.

„Ja, schlimm ist kein Ausdruck. In der Innenstadt stehen nur noch wenige Häuser. Wir können von Glück sagen, dass wir am Rand wohnen und bisher sehr wenige Bombeneinschläge mitgemacht haben. Unser Haus steht noch und das bleibt hoffentlich auch so."

„Ja, das wünsche ich Ihnen. Wie dem auch sei, haben Sie sich schon wieder eingerichtet?"

Hans verneinte und sein Vorgesetzter machte eine wegwerfende Handbewegung.

„Dann will ich Sie nicht länger aufhalten. Kommen Sie erst mal an, packen Sie aus und morgen besprechen wir dann das weitere Vorgehen, es hat sich einiges getan seit ihrem Urlaubsantritt."

Hans neigte den Kopf zum Abschied, bedankte sich für den Jägermeister und verließ den Unterstand.

Er war dankbar dafür, dass er nicht sofort wieder in alles eingebunden wurde. Ächzend hievte er seinen Rücksack auf einen Sack, der ihm als Bett diente. In Gedanken war er bei Marie und Hans. Wann er die beiden wohl wieder sehen könnte? Bisher hatte er noch keinen Brief erhalten, aber das beunruhigte ihn nicht. Er war kaum erst hier, wie sollte ein Brief auch schneller sein? Und trotzdem interessierte es ihn brennend, wie es den beiden ging und was Hans junior schon gelernt hatte, seit er Ludwigshafen hatte den Rücken kehren müssen.

Nachdem er sich eingefunden hatte, inspizierte er seinen Frontabschnitt und lief dabei Paul in die Arme. Der begrüßte ihn herzlich und lud ihn zu einem Schluck in seinem Unterstand ein– dort konnten sie unbeschwerter reden.

Paul hörte interessiert den Geschichten aus der Heimat zu und Hans präsentierte ihm stolz das Bild von ihm und seinem Sohn. Paul war selbst schon Vater und konnte Hans' Begeisterung nachvollziehen. So war der erste Abend an der Front für Hans angenehmer und erträglicher, als er es sich vorgestellt hatte.

19. Februrar 1945

Am Morgen schonte ihn der Kompaniechef Hauptmann Sommer wenigstens noch bis nach dem kargen Frühstück, dann wurde Hans in den Unterstand befohlen. Auch Leutnant Meier und einige andere angehörige der Kompanie waren mit anwesend. Sein Erscheinungsbild am heutigen Morgen zeigte ein krasses Gegenbild zu gestern. Der Offizier wirkte eingefallen und müde, aus seiner Stimme war jeglicher Elan gewichen. Automatisch ging Hans im Kopf die Gründe durch: einfacher Kater, schlechte Nachricht, Krankheit? Er würde es sicher erfahren. Sein Vorgesetzter war nicht nur unter Alkoholeinfluss ein redseliger, gutmütiger Mann.

„Setzten Sie sich ruhig meine Herren, das wird ein wenig dauern", wies Hauptmann Sommer die Anwesenden an und deutete auf einige alte Holzkisten.

Als Hans saß, konnte er das Papier auf dem Schreibtisch genauer einordnen: Karten von der Ostfront, von Polen und dem Baltikum.

„Herrschaften, ich will Sie hier nur auf den neuesten Stand bringen", begann Sommer.

„Oberfeldwebel Schneider, haben Sie während der letzten Zeit mal einen Blick in die Zeitung geworfen?"

Betont demütig senkte Hans den Kopf.

„Nein, Herr Hauptmann. Ich war so mit meinen Aufgaben beschäftigt, gedanklich war ich mehr den je bei meiner Familie in der Heimat, da blieb einfach keine Zeit. Sie müssen verzeihen ..." Innerlich betete Hans zu allen im Himmel, aber Sommer winkte nur ab.

„Sie müssen sich dafür bei Gott nicht entschuldigen, Schneider. Wenn das so ist, werde ich nur ein wenig weiter ausholen."

Hans nickte eifrig, unterdrückte einen erleichterten Seufzer und lenkte seinen Blick auf die Karten auf dem Schreibtisch, die Sommer jetzt ausbreitete.

„Meine Herren, wie viel wissen Sie von der Belagerung von Breslau?", fragte er in die Runde und schaute auf.

Hans schluckte und runzelte die Stirn.

Leutnant Meier meldete sich nun zu Wort: „Unsere Truppen werde seit Januar diesen Jahres belagert, die Sowjets verstärken die Kesselfront mehr und mehr", zählte er die Informationen auf, die er kannte.

Sommer nickte, er schien zufrieden mit Meiers' Wissen zu sein.

„Das ist doch schon mal einiges, sehr gut. Wissen Sie auch um die aktuelle Situation und Befehle?"

Dieses Mal schüttelte der Leutnant den Kopf. Auch Hans wusste natürlich nichts von den, momentan geltenden Befehlen. Wieder nickte der Hauptmann.

„Gut, dann werde ich Sie mal erhellen. Wie sie sich vermutlich denken können, ist die Belagerung von Breslau immer noch im Gange und es sieht immer schlechter für uns aus. Nachdem die Zivilisten nun endlich teilweise evakuiert wurden, ist die Versorgungslage soweit stabil, aber uns fehlen die Truppen dort."

Hans ahnte, was als nächstes kommen würde, und dennoch schickte er Stoßgebete zum Himmel. Er wollte das nicht. Die Stadt zu verteidigen, war so unglaublich sinnlos und für viele Soldaten der sichere Tod umringt von Russen.

„Der Befehl des OKH lautet sinngemäß das Verbände zur Hilfe schickt werden. Das Oberkommando will Breslau um jeden Preis halten."

Bildete es sich Hans nur ein, oder hörte er auch aus der Stimme seines Vorgesetzten leichten Unwillen? Selbst wenn, es änderte nichts an der Tatsache.

„Und das bedeutet, dass auch wir als Verstärkung dorthin geschickt werden, nehme ich an?", fragte Meier gedehnt, stellvertretend für alle im Unterstand.

Sein Vorgesetzter nickte und seufzte.

„Ich habe das mit Widerwillen zur Kenntnis genommen, aber ich kann es verstehen.

Die Lage dort sieht sehr viel bescheidenen aus, als hier bei uns.

Deshalb werden Truppen so bald wie möglich nach Breslau verlegt."

Nachdenklich tippte er mit einem Finger auf die Karte. Hans stellte fest, dass er auf einen Punkt ganz in ihrer Nähe tippte und grinste.

„Wie auch immer, was ich privat denke, tut nichts zur Sache. Bitte machen Sie sich und ihre Truppen innerhalb der nächsten Stunden abmarschbereit."

Hans bemühte sich, einen tiefen Seufzer zu unterdrücken und nickte nur. Er wollte sich, auch wenn sein Kompaniechef offenkundig ebenfalls gegen die Befehle war, keine Blöße geben.

Die anwesenden Soldaten wendet sich nun zum Gehen.

„Augenblick, Oberfeldwebel Schneider!"

Hans wendete seinen Blick verwundert zum Hauptmann.

„Oberfeldwebel Schneider, ich habe die Ehre, Ihnen die sofortige Beförderung zum Stabswachtmeister mitzuteilen."

Hans begann zu lächeln, doch beinahe im gleichen Moment schaute er verunsichert.

„An Ihrem Blick erkenne ich, dass es Ihnen aufgefallen ist. Mit der Beförderung geht die Versetzung zu unserem Artillerieregiment einher. Auch Sie werden nach Breslau geflogen. Alles weitere erfahren Sie bei Ihrer neuen Einheit. Ich wünsche Ihnen viel Soldatenglück!"

„Darf ich dann gehen? Wenn dem so ist, muss ich noch einige Vorbereitungen treffen", meinte Hans nun vollkommen unsoldatisch.

„Aber natürlich, gehen Sie ruhig, das Wichtigste ist ohnehin gesagt, Schneider."

Sein Vorgesetzter winkte ab.

Hans verschwand so schnell er konnte aus dem Unterstand und murmelte dabei etwas, das man mit viel gutem Willen als Hitlergruß auslegen konnte.

Er war viel zu aufgewühlt, um irgendetwas zu erledigen. Tränen des Zorns schlichen sich in seine Augenwinkel und er wischte sie trotzig weg. Es war nur noch eine Frage der Zeit, bis Deutschland endlich kapitulieren oder endgültig vernichtet werden würde. Was davon passierte, vermochte Hans nicht zu sagen. Eine Kapitulation hätte, da war er sich sicher, zumindest viele Leben gerettet – vor allem die Leben Unschuldiger. Wie zum Beispiel seines Sohnes. Oder seins?

23. Februar 1945

Hans fragte sich immer noch, wie sie es unbeschadet in die Stadt hatten schaffen können. Nicht ein einziges Mal war ihr Flugzeug beschossen worden. Auch wenn sie bei Nacht geflogen waren, wunderte sich Hans noch immer, wieso die Sowjets nichts unternommen hatten. Nach offiziellen Angaben war die Versorgung über diese Route gesichert gewesen und war es auch heute noch, aber eigentlich hatte Hans fest mit Beschuss gerechnet. Letztlich hatten sie es unbeschadet in die Stadt geschafft, was Hans sofort bei Oberstleutnant Schmitt meldete. Sein neuer Regimentskommandeur wirkte abgekämpft, aber sein Gesicht hellte sich wenigstens ein kleines bisschen auf, als er von der Ankunft der Angehörigen der I. Abteilung erfuhr.

„Wo ist ihr Abteilungskommandeur?", fragte er und blickte um sich.

„Major Schwarzenberger koordiniert gerade noch das Ausladen und die Einweisung der Männer und hat mich zur Meldung geschickt", erklärte Hans gehorsam und neigte den Kopf.

Obwohl Schmitt nicht breit oder groß war, strahlte er eine Autorität aus, die selbstverständlich war. Der Oberstleutnant nickte beflissen und schaute sich um.

„Machen Sie sich ein Bild von der Lage, Stabswachtmeister Schneider. Wir haben es hier nicht gerade leicht, möchte ich sagen. Die Russen setzen uns zu und sagen Sie Schwarzenberger Bescheid, er soll so schnell wie möglich zu mir kommen. Wir müssen dringend sprechen. Sonst versohlen uns die Russen eher heute als morgen den Hintern. Und nun Abmarsch zu ihrer Abteilung!"

Hans nickte und verabschiedete sich mit einem halbherzigen Hitlergruß, froh, den stechenden Augen von Schmitt entkommen zu können. Die Aussicht, schon heute in ein Gefecht verwickelt zu werden, stimmte ihn nicht gerade glücklich. Vielleicht war der Oberstleutnant aber auch einfach hoffnungslos pessimistisch. Hans hoffte, dass letzteres der Fall war.

Während er wieder zurück zum Flugfeld ging, betrachtete er die Häuser. Nicht eines, was er sah, war noch ganz. Überall gab es mindestens Bombenkrater, bei manchen Häusern fehlte eine ganze Hälfte und sie hatten den Namen Haus eigentlich schon gar nicht mehr verdient.

In dieser Stadt waren bereits heftige Artillerieschläge niedergegangen, was man der Umgebung ansah. Die Luft roch nach Brand sowie Verwesung und Hans fragte sich automatisch, ob die toten Körper bisher schon fortgetragen worden waren. Wenn dem nicht so war, würden sie nicht mehr lange durchhalten, das war ihm bewusst. Tote brachten Seuchen in die Stadt, und wenn die Russen sie nicht zermürbten, dann taten es die Seuchen. Wo war er hier nur reingeraten?

Weiter im Stadtkern – oder dem, was davon übriggeblieben war – traf Hans auf mehr Menschen. Neben Zivilisten vom Volkssturm und Soldaten der unterschiedlichsten Waffengattungen, entdeckte er auch Angehörige der Waffen-SS.

Hier ist alles versammelt, und wofür? Für nichts. Wir werden verlieren, auf die eine oder andere Art. Alles andere ist zum Scheitern verurteilt. Seine Gedanken wurden jäh unterbrochen, als ihn jemand ansprach. Hans zuckte zusammen und erkannte einen hageren jungen Mann, der ihm vage bekannt vorkam. Hatte er ihn schon einmal in einer Zeitung gesehen? Irgendwas zuckte in seinen hintersten Hirnwindungen, aber er konnte es nicht greifen.

„Stabswachtmeister ...", der Mann blickte mit zu-sammengezogenen Augenbrauen auf Hans.

„Stabswachtmeister, können Sie sich denn ausweisen? Es scheint mir doch ein wenig merkwürdig, sie hier so herumlaufen zu sehen, ganz allein und ohne Geschütze!"

Sein erster Reflex war, zu widersprechen. Von einer normalen Ordnung war in Breslau kaum zu sprechen. Vielleicht war das aber auch ein feindlicher Agent? Dafür sprach er aber ein zu gutes Deutsch. Wenn er ihn gleich meldete, konnte er vielleicht Schlimmeres verhindern. Wenn er sich irrte, würde ihm der Mann das Leben hier sicher zur Hölle machen. Abgesehen davon wusste er, dass die SS andere nur zu gerne schikanierte. Vielleicht war er hier an ein besonders eifriges Exemplar geraten. Er wollte keinen Ärger, weshalb er dem SS-Offizier seine Papiere reichte. Rasch überflog dieser seine Daten und wurde dabei blass um die Nase.

„Hans ... du bist es wirklich", keuchte er, die Augen aufgerissen.

Hans runzelte die Stirn und öffnete den Mund, um zu fragen, wieso ihn der Mann plötzlich duzte, da fiel es ihm wie Schuppen von den Augen. Sie hatten die gleiche Nase, schmale Lippen, einen intensiven Blick. Deshalb war ihm der Mann so bekannt vorgekommen.

„Julius?"

Sein kleiner Bruder hob den Kopf und sah ihm fest in die Augen. Das Strahlen, das Hans früher so an ihm gemocht hatte, war verschwunden, aber er war es tatsächlich, da gab es keine Zweifel.

„Ich habe nicht geglaubt, dass du noch lebst", gab Hans zu.

Sollte er ihn umarmen? Sie hatten sich so viele Jahre nicht gesehen oder miteinander gesprochen. Was sollte er ihm jetzt sagen? Dass er ihn vermisst hatte?

Wenn er ehrlich zu sich war, stimmte das nicht, zumindest jetzt nicht mehr. Trotzdem freute er sich über das unerwartete Wiedersehen.

„Hast du Kontakt zur Familie?", fragte er dann.

Julius schürzte die Lippen und schnaubte.

„Nein, schon seit 20 Jahren keinen mehr. Mutter hat mir in den ersten Jahren noch geschrieben, aber sie hat immer wieder versucht, mich von der Schutzstaffel wegzuziehen, das habe ich mir nicht gefallen lassen. Ich habe keine Ahnung, wie es ihnen geht oder ob sie noch leben. Und was ist mit dir? Hast du noch Kontakt?"

Julius hatte keinen Deut seiner Arroganz eingebüßt, wie Hans bitter feststellen musste. Hans schloss einen Moment lang die Augen, um sich zu sammeln.

„Ich habe seit dem Krieg nichts mehr von ihnen gehört. Anfangs haben sie mir noch geschrieben, unserer Familie geht es gut. Wir haben eine Menge Nichten und Neffen." Bei dem Gedanken schmunzelte Hans kurz, auch weil er an seinen eigenen Sohn dachte.

Julius deutete auf Hans' Hand.

„Du bist verheiratet, wie ich sehe. Wie kommt's? Ich habe von deiner Ehe zu Hedwig gehört, aber das ist schon eine Ewigkeit her und sie ist doch verstorben, soweit ich weiß. Hast du nochmal geheiratet? Oder trägst du den Ring deiner ersten Hochzeit noch aus Verbundenheit?"

Obwohl er sein Bruder war, widerstrebte es Hans, ihn in sein Leben zu lassen. Was, wenn Julius sich wirklich nicht geändert hatte und nur Zwietracht säen wollte? Aber vielleicht würde nach dem Krieg auch alles gut werden und sie könnten wieder eine große Familie sein. Immerhin waren sie Brüder und bevor die Nazis gekommen waren, auch beste Freunde. Er wollte daran glauben.

„Ja, ich habe nochmal geheiratet. Meine Frau und mein Sohn leben in Ludwigshafen, ich habe sie dort kennengelernt, als wir Zwischenstation gemacht haben."

Julius nickte anerkennend. Hans glaubte, ehrliche Freude in seinem Gesicht zu erkennen.

„Na dann hat wenigstens einer von uns beiden das geschafft, was wir uns vorgenommen haben. Bei mir hat es nie geklappt ..."

Plötzlich wirkte Julius so verletzlich, dass Hans ihn gerne wieder beschützt hätte, so wie früher. Er klopfte ihm aufmunternd auf die Schulter und lächelte.

„Was soll's, im Krieg ist alles schwieriger. Dann klappt es eben danach, du bist noch jung."

Julius lächelte schief zurück und zuckte mit den Schultern.

„Was soll das Gerede, wenn es klappt, dann klappt es, und wenn nicht, dann eben nicht. Wir müssen jetzt erst mal Breslau verteidigen, über den Rest mache ich mir später Gedanken. Wenn es denn ein später gibt ..."

„Wie lange bist du denn schon hier?", fragte Hans.

„Schon seit Anfang Februar. Da sah es hier noch ein wenig angenehmer aus, aber viel hat sich nicht geändert, um ehrlich zu sein. Wir hängen hier fest und kommen nicht weiter und die Russen lassen uns einfach nicht in Ruhe." Julius verschränkte die Arme vor der Brust und schnaubte, er wirkte angespannt. Seine Augen wanderten mit missbilligendem Blick über die zerstörten Häuser.

„Und was meinst du, wie lange das noch geht? Hast du einen Überblick?", fragte Hans weiter, aber Julius schüttelte nur den Kopf.

„Wir werden in nichts eingeweiht, was die Generäle hier besprechen, wir sind nur Kanonenfutter, aber wenn ich dir was sagen müsste, würde ich sagen, das geht nicht mehr sonderlich lange."

Fragend hob Hans die Augenbrauen und Julius seufzte, gestikulierte aufgebracht mit den Händen.

„Vielleicht weißt du es schon, aber wir mussten vor kurzem eine Menge Zivilisten aus der Stadt evakuieren, weil wir sie einfach nicht mehr versorgen können. Die Versorgung aus der Luft funktioniert bisher zwar noch, aber die Russen rücken immer weiter vor. Wenn das in dem Tempo weitergeht, haben sie uns in ein paar Wochen ganz vernichtet. Wir haben keine Chance, wir sind eingekesselt und können uns nicht befreien, nur verteidigen. Was glaubst du, was los ist, wenn sie auch noch den Luftkorridor abschneiden? Ohne diesen wären wir schon längst besiegt. Die einzige Hoffnung ist der Entsatz von Außen, aber dort sind unsere Truppen ja auch zu schwach. "

„Na großartig", seufzte Hans und Julius grinste ein schiefes Grinsen. „Uns bleibt wohl nichts Anderes übrig, als uns freizukämpfen, oder? Ich habe jedenfalls noch keine Lust, zu sterben."

„Ich auch nicht", stimmte Julius zu, dann klopfte er Hans auf die Schulter, „aber lass uns heute nicht mehr darüber nachdenken. Wir können zusammen etwas trinken und noch ein bisschen reden, was meinst du?"

Hans schaute sich nach seinen Leuten um, entdeckte aber niemanden.

Hans zögerte noch einen Moment, dann ließ er sich von der Nostalgie mitreißen.

„Na gut, wenn du das sagst, dann wird das so sein", seufzte er, bevor Julius sich mit einem vergnügten Grinsen bei ihm unterhakte.

„Das wollte ich von dir hören, nichts Anderes. Komm, ich habe noch eine Flasche Wodka im Unterstand, der ist richtig gut, macht keine Kopfschmerzen. Den trinken wir."

Hans ließ sich mitziehen und atmete tief durch. Es fühlte sich wunderbar an, seinen Bruder wieder zu haben.

„Aber nur, wenn du mir erzählst, wie es dir ergangen ist", forderte Hans grinsend. „Wir haben uns so lange nicht gesehen, das müssen wir feiern."

Und das taten sie.

27. März 1945

An manchen Tagen kam es Hans surreal vor, wie normal sein Leben in Breslau verlief. Natürlich sah er das ganze Elend um sich herum. Kinder und Männer, die Steine schleppten, verdreckt und unterernährt waren. Daneben die, für einen Kriegszustand noch gute Versorgung der Soldaten. Außerdem hatte es schon länger keinen Angriff der Russen mehr gegeben. Nur das ständige Artilleriefeuer zeigte den Deutschen, dass die Russen noch da waren.

Stattdessen bestand sein Alltag daraus, den Ring aus Barrikaden nach eventuellen Schwachstellen zu kontrollieren und bei der Planung des Häuserkampfs zugegen zu sein. Eigentlich sollten die Artilleriegeschütze seiner Abteilung mit Hilfe von Lastenseglern in die Stadt geschafft werden, doch daraus wurde nichts. Er hatte als Artillerist in einer bespannten Artillerieeinheit keine Geschütze und keine Pferde. Wenn er das ganz nüchtern als seinen Job betrachtete, hatte er einen ganz normalen Alltag aus Dienst und Freizeit, die er häufig mit Julius verbrachte. Die Brüder hatten sich wieder angenähert, worüber Hans sehr froh war. Allerdings umschifften sie schwierige Themen in ihren Gesprächen. Jetzt war nicht die Zeit, um zu streiten, sie wollten zusammenhalten.

Inzwischen kamen immer mehr Nachrichten nach Breslau, dass sich der Kessel um Berlin verengten. Vielleicht bildete es sich Hans auch nur ein, aber er meinte, dass die Führungspersonen um ihn herum zunehmend nervöser wurden. War ihnen endlich bewusst geworden, dass sie den Krieg nicht mehr gewinnen konnten? Hatten sie Angst, was mit ihnen passieren würde, wenn sie kapitulieren mussten? Oder waren sie so verrückt, gar nicht kapitulieren zu wollen? Hans schüttelte seufzend den Kopf. Seine

Hoffnung war, dass Berlin bald eingenommen sein würde und sie auch hier ohne einen weiteren schweren Kampf kapitulieren mussten. So könnten sie alle – vielleicht nach Kriegsgefangenschaft – heil nach Hause kommen.

Er war gerade auf dem Weg zu einigen Häusern in der Märkischen Straße, die nach dem letzten Kampf unbedingt ausgebessert werden mussten, wenn sie den Ring halten wollten. Seit Tagen arbeiteten Zivilisten daran. Eigentlich war es Hans zuwider, diese geschwächten, armen Menschen arbeiten zu sehen, aber er begehrte nicht auf. Er wollte nur noch zu seinem Sohn und dieses Drama überleben. So sehr es ihn schmerzte, für andere Menschen war in seinem Herzen gerade kein Platz. Er eilte von einer sichern Deckung zur nächsten, denn man wusste nie, wann die Russen wieder ein Artillerieschlag auf einen Stadtteil führten.

Als er in die Märkische Straße einbog, waren die Arbeiten trotz der frühen Morgenstunde schon voll im Gange. Ob diese Menschen wohl die ganze Nacht durchgearbeitet hatten? Hans schob den Gedanken beiseite und griff sich den ersten Soldaten, den er finden konnte.

„Hatten Sie hier Wache heute Nacht?", fragte er und legte all seine Autorität in die Stimme.

Der Soldat, dem der Helm ständig in die Stirn rutschte, grüßte erschrocken.

„Ja, Herr Stabswachtmeister", krächzte er.

Er ist noch im Stimmbruch – so jung, dachte Hans.

„Die Zivilisten kommen gut voran, bei diesem Arbeitstempo werden die Barrikaden in zwei Tagen wiederhergestellt sein."

Hans nickte zufrieden. Das würde auch die Oberen freuen.

„Sehr gut. Wenn sich etwas ändern sollte, melden Sie es bitte unverzüglich."

Der junge Mann nickte und wieder rutschte ihm der Helm auf die Stirn. Er schob ihn erneut nach oben und fummelte an seinem Helmgurt herum. Hans lächelte nachsichtig und unterdrückte den Drang, ihm väterlich auf die Schulter zu klopfen. Eigentlich hätte er ihn wegen seiner schlampigen Ausrüstung tadeln müssen, aber er würde einen Teufel tun, den jungen Kerl einzuschüchtern. Stattdessen schlenderte er weiter und betrachtete die Arbeit.

Die Häuser hatten durch die letzten Beschüsse große Schäden genommen. Erst ein Bruchteil der Trümmer war beiseite geräumt worden und Hans bezweifelte, dass das alles in zwei Tagen wieder ausgebessert sein würde, aber eigentlich war es ihm gleich. Er erfüllte seinen Auftrag als Meldegänger zwischen der Front und dem Abteilungskommandeur, denn Funk-oder Fernsprechverbindungen funktionierten immer weniger. . Solange er nicht kämpfen musste, lief er bereitwillig jeden Meter, der ihm aufgetragen wurde.

Hans war völlig gedankenverloren und hätte fast einen kleinen Jungen umgerannt. Sein erschrecktes Piepsen holte ihn in die Realität zurück. Der Junge musste ein deutscher Zivilist sein, seine Kleidung war verdreckt, sein Gesicht ebenfalls dreckverkrustet und er sah abgemagert aus. Hans schätzte ihn auf fünf oder sechs Jahre. Ängstlich kauerte er sich vor Hans zusammen und bemühte sich, den Blick gesenkt zu halten.

„Entschuldigung", murmelte er so leise, dass Hans einen Augenblick lang überlegte, ob er es sich eingebildet hatte.

„Habe ich dir weh getan?", fragte Hans mit bemüht sanfter Stimme.

Der Junge kauerte sich nur noch mehr zusammen und schien sich verstecken zu wollen. Hans ging in die Hocke und versuchte, dem Jungen in die Augen zu sehen, aber er wandte sich ab.

„Hast du mich verstanden? Kannst du deutsch sprechen?"

Dieses Mal nickte der Junge kaum merklich und Hans zog sein eingepacktes Käsebrot aus dem Brotbeutel, das er sich eigentlich als Wegration mitgenommen hatte.

„Ich denke, du hast bestimmt Hunger, oder? Du kannst mein Brot essen, ich hole mir dann einfach ein neues."

Er streckte dem Jungen das Brot hin und er musterte es skeptisch. Hans konnte dem Jungen ansehen, dass er Hunger hatte, aber vermutlich traute er ihm nicht. Vielleicht konnte er ihn auch nicht verstehen und es war ein polnischer Junge, kein deutscher.

„Komm, du kannst es haben. Ich habe es nicht vergiftet." Er drückte ihm das Brot förmlich in die Hand und der Junge griff es.

Noch immer sah er unsicher zu Hans hoch. Hans ließ das Brot los und lächelte den Jungen an.

„Guten Appetit, kleiner Mann.

Schließlich lächelte der Junge, nickte und steckte sich das Brot unter seine ausgebeulte Jacke.

Hans sah dem Jungen nach, wie er um die nächste Ecke flitzte und sich gewiss in einer Ruine versteckte, um das Brot genüsslich zu essen.

„Na, du bist ja ein Samariter", hörte Hans eine Stimme hinter sich. Augenblicklich zuckte er zusammen und machte sich innerlich schon auf ein Disziplinarverfahren gefasst. Er drehte sich steif um und atmete tief durch, als er Julius erkannte. Die ganze Anspannung fiel mit einem Mal von ihm ab.

„Man, du hast mich erschreckt", tadelte er seinen kleinen Bruder sanft und grinste ertappt.

Julius schüttelte nur den Kopf.

„Sei froh, dass ich es bin, der dich dabei erwischt hat und nicht jemand anderes von der SS. Du müsstest mal hören, wie alle über die polnischen Arbeiter hier reden. Sie halten sie für Ballast."

„Wer tut das von den Armeeangehörigen nicht." Hans seufzte und verschränkte die Arme vor der Brust. „Auch die anderen Offiziere sehen die Polen nur als billige Arbeitskraft. Ich hoffe nur, dass das alles hier bald ein Ende hat. Die Russen sind schon kurz vor Berlin, hast du das gehört?"

Julius nickte und verschränkte ebenfalls die Arme.

„Natürlich, das ist auch bei uns in aller Munde. Wenn du mich fragst, wir müssten uns hier nicht mehr die Hände dreckig machen. Aber wer fragt mich schon? Ich bin ein einfaches Licht in der SS ..." Julius seufzte auf und blickte in die Ferne.

Hans klopfte ihm auf die Schulter.

„Lass das die anderen nicht hören. Du weißt, dass sie General von Ahlfen für solche Äußerungen abgesetzt haben. Ich will gar nicht wissen, was sie mit dir machen – oder mit mir. Wir sind, wie du so schön gesagt hast, nur einfache Lichter."

Ihr Gespräch wurde von einem jungen SS-Mann unterbrochen.

„Wir sollen alle in die Unterstände, Untersturmführer", verkündete er außer Atem. Er war so gehetzt, dass er sogar den Gruß vergessen hatte.

Julius fasste den Jungen an der Schulter.

„Komm erst mal zu Atem. Was ist los, wieso sollen wir in die Stellungen?"

„Die Russen fliegen Angriffe, die von der Luftwaffe haben Bescheid gegeben. Dem Befehl ist sofort Folge zu leisten, meinte Sturmbannführer Weber. Er will keinen seiner Leute außerhalb der Stellungen sehen!"

Hans und Julius tauschten einen Blick.

„Wir gehen sofort, sag den Zivilisten Bescheid, die sollen sich irgendwo in die Keller verkriechen", befahl Julius.

Der Junge zögerte einen Augenblick.

„Aber von Zivilisten war keine Rede, Untersturmführer!

„Das sagt dir wer?", herrschte Julius ihn schroff an. „Was glaubst du, wer alles wieder aufbaut, wenn wir ausgebombt sind? Die SS? Die Wehrmacht? Wir brauchen diese Zivilisten, also müssen auch so viele wie möglich gewahrnt werden, damit sie in die Bunker, Keller und Unterstände flüchten können und jetzt schleich' dich!"

Mit eingezogenem Kopf huschte der Junge davon und Julius schnaubte abfällig. Hans schaute dem Jungen mit hochgezogenen Augenbrauen nach.

„Du willst Zivilisten wirklich schützen? Ist bei dir der Samariter erwacht?"

Augenrollend packte Julius Hans am Ärmel und zog ihn in Richtung der Bunkeranlagen.

„Wir brauchen die Zivilisten wirklich, glaube ja nicht, ich wäre barmherzig geworden. Trotzdem wäre es gut, wenn niemand weiß, dass ich das dem Jungen gesagt habe."

„Meine Lippen sind versiegelt", versprach Hans und hob lächelnd seine Schwurhand.

Hans spitzte die Ohren und meinte, in der Ferne Fliegergeräusche zu hören.

Sie eilten durch die Stadt. Immer wieder sahen, wie SS-Männer oder Wehrmachtssoldaten Frauen und Kinder in Keller oder behelfsmäßige Unterstände zerrten, damit sie wenigstens einigermaßen vor dem Bombenangriff geschützt wären.

Auch Hand und Julius eilten zur Stellung von Julius Einheit. Diese lag in den Kellern einer Häuserzeile deren Fassaden bereits als Schutt auf der Straße lagen.

Nach und nach füllten sich die Kellerräume weiter mit SS-Soldaten und Zivilisten, es wurde immer enger. Julius und Hans rückten eng zusammen, um sie herum noch weitere Männer, die mit angezogenen Beinen herumsaßen und warteten. Die Stimmung war angespannt und Hans tat, was er immer tat, wenn er im Bunker wartete: Er holte das Bild von Hans junior und sich aus seiner Brusttasche und betrachtete es.

„Du und dein Sohn?", fragte Julius und nickte mit einem Lächeln zu dem Foto.

Hans zeigte es lächelnd und nickte.

„Das einzige Foto, das ich von ihm habe. Das war, kurz bevor ich wieder an die Front musste. Er ist jetzt ein gutes halbes Jahr alt."

„Er ist wirklich niedlich", kommentierte Julius lächelnd. Auch ihn lenkten die Gedanken ab, doch die angenehme Stimmung wurde von den ersten Bombeneinschlägen gedämpft.

Erst ein langes Pfeifen, dann der Einschlag. Staub rieselte von der Decke, immer und immer wieder.

„Die Bombardierung ist heftig", flüsterte Julius und warf einen Blick an die Decke, wovon unablässig Staub herab rieselte.

Im Abstand von wenigen Minuten ertönte immer wieder ein Pfeifen. Nach der zehnten Bombe hörte Hans auf, zu zählen.

Die Minuten zogen sich dahin und die Stimmung im Bunker wurde immer schlechter. Die Männer wurden langsam unruhig, manche streckten die Beine aus und traten versehentlich zu, kleine Streitigkeiten brachen aus. Hans und Julius drückten sich an die Wand und hielten sich so gut wie möglich aus allem heraus.

Wasser und Brot mit ein wenig Speck wurde an alle verteilt, als sich die Stunden noch weiter zogen. Noch immer hörten sie regelmäßig ein Pfeifen und einen Einschlag, aber mittlerweile wurden die Abstände zwischen den Einschlägen immer länger. Hans fragte sich, wie spät es war. Waren sie erst ein paar Minuten hier, Stunden, oder war es vielleicht schon früher Abend? Hans kaute auf dem trockenen Brot – mit dem Speck war es halbwegs erträglich und natürlich besser als nichts zu essen. Trotzdem rebellierte sein Magen gegen das harte Brot.

Als sie den Unterstand wieder verlassen konnten, seufzten sie erleichtert auf. Von der Anspannung und der Angst waren ihre Glieder eingerostet, weshalb sowohl Hans als auch Julius kaum noch auf die Beine kamen.

„Los, los, ab in Stellung! Wachen aufziehen! Der Iwan könnte irgendwo durchgesickert sein!", kommandierte Julius befehlsgewohnt.

Die Neugier, wie Breslau jetzt aussehen würde, war groß. Der Bombenangriff hatte nur wenige Minuten gedauert, war aber trotzdem heftig gewesen. Wie viel von der Stadt wohl überhaupt noch stand?

An der Oberfläche brannte es überall und beißender Rauchgeruch stieg Hans in die Nase, sodass er husten musste. Er schützte seine Nase mit seinem Mantelärmel und eilte so schnell er konnte davon. Er musste sich dringend bei seiner Einheit melden.

Seine Augen begannen zu tränen und er kniff sie so sehr zusammen, dass er kaum noch sehen konnte. Ab und zu stolperte er, aber er schaffte es, nicht hinzufallen.

Um ihn herum versuchten Zivilisten und Soldaten, die entstandenen Brände unter Kontrolle zu bekommen.

Glücklicherweise war die Stellung seines verlorenen Haufens nicht von einer Bombe getroffen worden und auch der Keller, der Major Schwarzenberger als Gefechtsstand diente blieb verschont.. Der Rauchgeruch war hier auch nicht so präsent, weswegen er den Ärmel herunternahm und sich durch die zerschlissene Holztür des Kellers quetschte. Im Gefechtsstand kam der Rauchgeruch nur langsam durch die Rillen und Risse der Kellerdecke und Hans atmete erleichtert auf. Zum ersten Mal seit Verlassen des Unterstandes der SS-Einheit entspannte er sich wieder. Hier konnte er frei atmen und hustete nicht bei jedem Atemzug. Er sah sich um und runzelte die Stirn. Zwar war Julius nicht mit ihm untergebracht, aber er hatte damit gerechnet, dass er ihm folgen würde. Ob er bei seinen Männern geblieben war, damit er ihnen weitere Befehle erteilen konnte? Er war beim Verlassen des Kellerunterstandes direkt hinter ihm gewesen, oder?

Ihn packte die Sorge um seinen Bruder und das schlechte Gewissen nagte an ihm. Warum hatte er sich nicht einmal umgesehen, ob Julius noch hinter ihm war? In dem Lärm um ihn herum hatte er nichts mehr richtig mitbekommen. Für einen kurzen Augenblick schwankte Hans, aber dann entschied er sich, in Julius' Mannschaftsbunker nachzusehen. Er musste einfach wissen, ob es seinem Bruder gut ging, Befehl hin oder her.

Also machte er wieder kehrt und verließ den Befehlsstand. Die Einheit von Julius war ja nicht weit entfernt untergebracht und im allgemeinen Chaos scherte sich keiner darum, dass Hans eigentlich im falschen Festungsabschnitt war.

Die Stellung von Julius Einheit war einige Straßen weg, doch er fand den Weg dorthin wieder.

Als er die Stellung errichte, meinte er zu den SS-Männern: „Ich suche nach Untersturmführer Julius Schneider, ist er noch hier?", fragte Hans.

Die Männer sahen sich um und schüttelten den Kopf.

„Tut mir leid, er war noch nicht wieder hier, seit die Russen uns zugebombt haben und wir danach wieder in Stellung gehen sollten, Herr Stabswachtmeister", sagte schließlich eine junger Rottenführer.

Hans biss sich auf die Lippe, nickte und ging wieder.

Wo war Julius bloß? Es hatte doch keine Detonationen mehr gegeben, er konnte nicht verletzt sein, oder doch? Ein mulmiges Gefühl im Magen ließ ihn innehalten. Wenn er jetzt nicht nachsah, ob Julius doch verletzt war, würde er keine Ruhe haben. Hans machte sich auf den Weg zum Hauptverbandsplatz. Um ihn herum stank es immer noch nach Feuer, aber der Rauch war nicht mehr so beißend. Doch an jeder Ecke war immer wieder das typische tackern der MG und das aufpeitschen von Karabinern zu hören. Die ausgebrochene Brände schienen langsam in den Griff zu bekommen worden zu sein. Die Luft war feuchter und kälter als noch vor ein paar Minuten.

Beim HVP griff sich Hans den erstbesten Verantwortlichen, einen jungen Kerl, höchstens Anfang 20.

„Sind hier gerade SS-Männer reingekommen, die sich am Feuer verletzt haben?", fragte er ohne Umschweife.

Der Sanitäter nickte fahrig.

„Warum fragen Sie, suchen Sie wen?"

„Ja, Untersturmführer Julius Schneider. Wir sind gemeinsam aus seiner Stellung gekommen, dann habe ich mich nur beeilt, zu meiner Einheit zu kommen, und er war nicht mehr hinter mir."

Der Sani hob die Hände und gestikulierte.

„Dann gehen Sie ihn suchen. Wir haben hier weiß Gott genug zu tun!" Er bedachte Hans noch mit einem strengen Blick, dann verschwand er eilig.

Hans verkniff sich, mit den Augen zu rollen, und ging durch die Reihen. Er wusste nicht, ob alle Verwundeten von den Angriffen heute herrührten, aber das Jammern und der Gestank nach Blut, Eiter und Urin war erbärmlich. Falls die Wunden erst alle frisch waren, hatte der Angriff verheerende Wirkung gehabt. Er hätte niemals Arzt sein können, schon jetzt drehte sich ihm fast der Magen um und er bemühte sich, den Gestank nicht so sehr an sich heranzulassen.

Je weiter Hans die Reihen durchkämmte, desto unruhiger wurde er. Julius hatte er bisher noch nicht gefunden und die vielen offenen Wunden zu sehen, machte ihm zu schaffen.

Endlich, in der letzten Reihe fast ganz hinten saß Julius auf den schmutzigen Boden, seinen linken Arm verbunden und geschient. Er wirkte ansonsten munter und strahlte, als er Hans erkannte.

„Sag mal, was machst du?", schimpfte Hans, war aber erleichtert und setzte sich zu seinem Bruder auf den Boden.

Julius hob seinen geschienten Arm und grinste schief.

„Wäre doch langweilig, wenn mir nichts passieren würde, oder? Als ich dir gefolgt bin, ist von der Seite ein Brandherd explodiert und hat mir den Arm verbrannt, einige Splitter sind mir auch noch in den Arm gefahren, aber die hier haben gesagt, es ist nicht so schlimm, es wird wieder verheilen. Andere hat es deutlich schlimmer erwischt als mich."

Hans atmete tief durch.

„Wenn es so ist, haben wir nochmal Glück gehabt. Aber scheiße, Julius, was glaubst du, was noch passiert? Das war nicht alles, was die zu bieten hatten, glaub mir das."

Julius blickte sich wachsam um.

„Sag sowas nicht hier! Du hast doch keine Ahnung, wer hier neben dir sitzt! Leise!" Mit seiner gesunden Hand packte er Hans im Nacken und drückte ihn nach unten, wie sie es früher gemacht hatten, wenn jemand den Mund halten sollte.

„Ja, ist ja gut", brummte Hans und rieb sich den Nacken, als Julius ihn wieder losgelassen hatte.

Der Griff seines kleinen Bruders war über die Jahre deutlich fester geworden, nicht mehr wie in Kindertagen, wo sich Hans alles von ihm gefallen ließ, weil er ihn so liebte. Hans seufzte und blickte seinen kleinen Bruder an.

„Bruderherz, versprich mir, dass wir ab jetzt noch mehr auf uns aufpassen. Ich will, dass wir beide heil hier rauskommen und dann zusammen nach Hause gehen, ja?"

Julius ergriff Hans' Hand und sah ihm fest in die Augen.

„Das verspreche ich dir, großer Bruder. Ich kann es kaum noch abwarten, bis wir endlich wieder nach Hause können. Ich will unsere Eltern umarmen und unsere Schwestern, Neffen und Nichten besuchen. Und natürlich deinen Sohn sehen."

Hans lächelte, dann umarmte er seinen Bruder vorsichtig. In dieser unsäglichen Hölle diesen Halt zu haben, gab ihm unglaublich viel.

6. Mai 1945

Der Bombenangriff an Ostern war heftig gewesen, aber natürlich hatten die Brüder recht behalten. Das war noch nicht das Ende der Angriffe, sondern erst der Anfang. Der Angriff an Ostern hatte den deutschen Truppen den Flughafen entrissen, sodass sie nun zunehmend Versorgungsprobleme bekamen. Die sowjetischen Truppen hatten seitdem keine größeren Angriffe mehr unternommen, stattdessen versuchten sie, durch Lautsprecherpropaganda die Moral der Truppe zu schwächen. Dennoch fassten sie den Kessel um die Stadt immer enger. Hans bekam vom Großen ganzen natürlich nicht viel mit, aber der die Führung um den Kampfkommandanten war zunehmend nervös. Die schlechte Versorgungslage tat das Übrige. Die Rationen wurden von Tag zu Tag kleiner und Hans wusste schon nicht mehr, wann er das letzte Mal satt eingeschlafen war.

Die Lautsprecherdurchsagen begannen heute schon früh am Morgen. Die Sowjets verkündeten, Berlin sei gefallen, und Hans schwankte zwischen Euphorie und Angst. Das erste Mal seit Wochen, war keinerlei Gefechtslärm zu vernehmen.

Wenn Berlin gefallen und der Führer tot war, sollte dieser elende Krieg nun endlich zu Ende sein. Doch was würde mit ihnen passieren, und wie würde sich General Niehoff angesichts dieser neuen Lage entscheiden? Sollten sie auch kämpfen bis zum letzten Mann? Natürlich, sie waren verloren, aber was war nun besser? In Gefangenschaft zu geraten oder zu sterben? Dass sie einfach nach Hause würden gehen können, bezweifelte Hans.

Gerade stand Julius vor dem HVP, in dem die Verwundeten versorgt wurden – er sah schon wieder besser aus.

„Wie geht es deinen Wunden?", fragte Hans zur Begrüßung.

Julius hob den Arm und zeigte mit einem Lächeln seine rosige, neue Haut.

„Aus dem Schlimmsten bin ich raus. Es dauert jetzt einfach noch ein bisschen." Er nickte zu den Lautsprechern, senkte die Stimme und beugte sich zu Hans. „Hast du schon gehört, was sie heute morgen wieder verkünden? Meinst du, das stimmt?"

„Ich weiß nicht.", raunte er zurück und hob unschlüssig die Schultern. „Sie hätten guten Grund, uns so zu demoralisieren, aber schon als ich nach Breslau gekommen bin, waren die Truppen auf dem Weg nach Berlin. Glaubst du wirklich, die Deutschen haben den Angriffen von allen Seiten Stand gehalten? Ich kann mir das nicht vorstellen."

Julius schüttelte den Kopf und seufzte.

„Nein, natürlich nicht. Was glaubst du, wie wird es uns gehen? Werden die Sowjets uns platt machen?"

„Ich weiß nicht. Ich hoffe es natürlich nicht. Wir haben nachher noch eine Besprechung mit Oberstleutnant Schmitt, ich bin da für die Karten und Unterlagen verantwortlich, vielleicht erfahre ich da Näheres. Lass uns danach nochmal treffen. Dann kann ich dir sagen, was ich weiß." Er warf einen Blick auf die Uhr. „Und zu dem Treffen gehe ich am besten gleich. Es beginnt nämlich bald und Schmitt hasst es, wenn jemand nicht da ist, sobald er den Raum betritt. Und vor allem, wenn die Karten nicht an ihrem Platz liegen. Bist du nachher noch hier?"

Julius nickte: „Wenn bis dahin nichts weltbewegendes passiert, dann ja. Ich will die Splitterwunden nochmal einem Sani zeigen, vielleicht kann ich einem der Pillendreher noch ein Schmerzmittel entlocken."

„Wir treffen uns hier. Bis später."

Hans eilte durch die wenigen Straßen zwischen dem HVP und dem Gefechtsstand des Regimentskommandeurs. Die benötigten Unterlagen hatte er bereits bei sich, und kam gerade ein paar Sekunden vor Oberstleutnant Schmitt in den Raum. Er war erleichtert. Der Regimentskommandeur sah abgekämpft und müde aus. Ein Anblick, den er bisher noch nicht oft geboten hatte.

„Sind alle hier?", fragte er in die Runde. Selbst seine Stimme war angestrengt.

„Jawohl, Herr Oberstleutnant, es sind alle Vollzählig. Niemand fehlt, der noch am Leben ist", meldete sein Adjutant, worauf Schmitt zufrieden nickte.

„Sehr gut, Hauptmann Moos. Dann hören Sie bitte alle gut zu. Was ich jetzt zu ihnen sage, ist von höchster Bedeutung für uns alle. Wir werden kapitulieren!"

Eine Stille folgte auf diese verbale Bombe, deren Einschlag heftiger war als alles, was Breslau bisher erschüttert hatte. Niemand bewegte sich. Man hätte die sprichwörtliche Stecknadel fallen hören. Hans konnte gar nicht glauben, dass er diese Worte gerade gehört hatte. Sollte es wirklich soweit sein? Er bemühte sich darum, sich die Erleichterung nicht allzu sehr ansehen zu lassen. Allerdings spiegelte sich auch in einigen anderen Gesichtern nicht gerade Trauer, wie er beim Umschauen feststellte.

Oberstleutnant Schmitt räusperte sich, dann fuhr er fort.

„Dieser Beschluss ist bereits von General Niehoff unterzeichnet und wird den sowjetischen Führern in Bälde vorgelegt. Allerdings ging dem auch ein Schreiben der sowjetischen Führer voraus, dem einige Informationen zu entnehmen sind. Diese werde ich Ihnen nun vortragen und ich möchte, dass Sie diese dann auch mit ihren Männern teilen. Allen Soldaten wird medizinische Versorgung und in der Gefangenschaft eine gerechte Behandlung versprochen, eingeschlossen die Verteidiger der Waffen-SS. Lassen sie uns hoffen, dass die Sowjets zu ihrem Wort stehen, denn offen gestanden sind weitere Gefechte für uns nicht mehr zu durchzustehen, vor allem seit dem Wegfall des Flugfeldes. Bitte geben Sie das unseren Männern weiter. Sie sollen keinen Widerstand mehr leisten, denn sonst können wir nicht für eine gewaltfreie Übernahme garantieren." Schmitt ließ die Schultern hängen und sank auf einen Stuhl. Es wirkte, als hätte ihn alle Kraft verlassen. Er winkte unbestimmt mit der Hand. „Los, gehen Sie! Die Sowjets werden morgen in die Stadt kommen, bis dahin sollte es jeder wissen – zu Ihrer aller Schutz."

Hans bemühte sich, ein Lächeln zu verbergen, als er die Besprechung verließ. Die Vorstellung, Breslau aufgeben zu müssen, erfüllte ihn mit Sorge. Er hatte natürlich damit gerechnet, in irgendeiner Form bestraft zu werden, falls die Russen sie überrannten, aber Gefangenschaft mit medizinischer Versorgung klang besser als er es sich erhofft hatte. Doch, so etwas hatten die Sowjets bereits oft versprochen. Die Wirklichkeit sah oft anders aus. Er eilte zurück zu HVP, wo Julius wie, versprochen noch stand.

„Das ging ja schnell!", sagte er und stieß sich von der Mauer ab, an der er gelehnt hatte. „Hat die Besprechung überhaupt schon stattgefunden?"

„Ja, hat es", bestätigte Hans nickend. „Es war auch ziemlich kurz, aber es soll wohl schnell gehen. Wir kapitulieren."

Julius klappte der Mund auf, er fing sich aber schnell wieder.

„Du willst mich gerade auf den Arm nehmen, oder?", fragte er mit skeptisch gerunzelter Stirn

„Dafür bist du mir zu schwer." Hans grinste und Julius boxte ihm gegen den Arm.

„Du Schofel! Jetzt sag, machst du Scherze oder ist das die Wahrheit?"

Hans rieb sich die schmerzende Stelle am Arm und sein Grinsen wurde immer breiter. Die Erleichterung, die sich in den letzten Minuten in ihm ausgebreitet hatte, kam nun endlich auch im Bewusstsein an. Der Krieg war für sie vorbei!

„Nein, ich will dich nicht auf den Arm nehmen. Das ist die Wahrheit. Die Russen sollen schon morgen in die Stadt kommen, also sollen den Umstand möglichst alle Soldaten mitkriegen. Niehoff hat bereits unterzeichnet und Oberstleutnant Schmitt hat uns dringend empfohlen, jeglichen Widerstand einzustellen. Sie haben wohl Angst, dass die Sowjets dann doch zu den Waffen greifen."

Julius schüttelte ungläubig den Kopf.

„Dass es um uns nicht gutsteht, war mir auch klar, aber dass wir vom einen Tag auf den anderen kapitulieren ... Wahnsinn! Damit habe ich so schnell nicht gerechnet."

„Ich auch nicht", stimmte Hans zu. „Kann ich mich drauf verlassen, dass du das weitergibst? Dann gehe ich zu den paar Soldaten aus meiner Einheit, die noch übrig sind und erzähle die Neuigkeit. Schmitt hat klar gesagt, dass wir keinen Widerstand leisten sollen. Jeder, der das tut, gefährdet die Sicherheit der anderen."

Julius nickte und Hans verabschiedete sich von seinem Bruder, um zu der Stellung seiner Einheit zu gehen. Endlich war der Spuk vorbei.

Als die Russen die Stadt betraten, behandelten sie die Soldaten nicht gerade zimperlich. Nicht einmal die noch übrigen polnischen Zivilisten wurden besonders behandelt, ganz zu schweigen von den Soldaten und den SS-Männern. Sobald die Russen sich einen Überblick über die Lage verschafft hatten, trieben sie die Menschen in Gruppen zusammen. Hans verstand kein Wort von dem, was man ihm entgegenbrüllte, aber er achtete sorgsam darauf, niemals zu lange vor einem Gewehrlauf zu verharren.

Wie er bald erkennen musste, war das eine gute Entscheidung gewesen. Die Russen trieben sie in Kolonnen auf ein Feld außerhalb Breslaus und Hans hatte sich gehorsam eingereiht. Vor ihm stolperten ein paar SS-Männer, aber Julius hatte er nicht mehr gesehen. Ein paar Meter vor ihm lief ein russischer Soldat, das Gewehr im Anschlag, und brüllte Wörter, die Hans nicht verstand. Plötzlich riss er einen der SS-Männer aus der Reihe, warf ihn zu Boden, legte das Gewehr an und schoss. Ein Mal, zwei Mal, drei Mal. Die Gruppe war stehen geblieben und Hans mühte sich, nicht zu würgen. Blut lief aus der Kopfwunde des toten SS-Mannes und der Soldat, der ihn erschossen hatte, stieß den Lauf seines Gewehres dem nächsten in den Rücken, um sie zum Weiterlaufen zu bewegen. Stumm, erschöpft und geschockt setzte sich der Tross wieder in Bewegung. Niemand aus den russischen Reihen schien sich dafür zu interessieren, dass gerade jemand erschossen worden war. Hans zog die Schultern hoch und versuchte, niemandem in die Augen zu sehen, um keine Aufmerksamkeit zu erregen.

Bis sie auf dem Feld zusammengetrieben wurden, ging die Taktik auf. Kein Russe sprach ihn an. Sie blieben alle auf einem Haufen sitzen, Wehrmachtssoldaten und SS-Männer verstreut nebeneinander. Im Gegensatz zu einigen anderen hatte Hans seine komplette Kleidung behalten dürfen, zumindest bisher. Weil er der Einzige in seinem Sichtfeld war, der noch gute Stiefel trug, beschmierte er sie unauffällig mit Schlamm, riss an den Schäften und schabte einige Stellen ab. Nur wegen ein Paar sauberer und ordentlicher Marschstiefel wollte er auf keinen Fall riskieren erschossen zu werden.

Neben ihm regte sich etwas und Hans wandte den Blick zu dem Kerl neben ihm. Als er Julius erkannte, atmete er erleichtert aus. Das Gesicht seines Bruders war dreckig, er hatte seinen Mantel, seine Orden und seine Armbanduhr eingebüßt sowie seine Stiefel, die er anscheinend gegen Schnürrschuhe eingetauscht hatte, aber ansonsten schien er nichts abbekommen zu haben. Er rückte näher an seinen Bruder. „Bin ich froh, dich hier zu sehen", raunte er leise und mit einem Blick auf den nächsten Russen ein paar Meter weiter.

„Ich bin auch froh, dich hier nochmal zu sehen", gab Julius erleichtert zurück. „Die haben auf dem Weg hier hin viel zu viele von uns erschossen. Besonders auf uns SS-Männer hatten sie es abgesehen." Hans legte einen Finger auf den Mund. „Nicht zu laut, sonst kommen die hier noch auf Ideen. Halte einfach den Kopf unten, dann passiert uns nichts. Hoffe ich zumindest."

Julius presste die Lippen aufeinander und nickte, warf dann auch einen Blick auf den Russen. Dieser bewachte sie mit einem Gewehr im Anschlag und ließ seinen Blick über die Gefangenen gleiten. Schnell senkte Julius den Blick, um dem Russen keinen Grund zur Provokation zu geben.

„Was meinst du, was erwartet uns?", fragte Hans leise.

„Schwer zu sagen. Ich hoffe, dass sich wenigstens die Sowjets in den Gefangenenlagern daran halten, was sie versprochen haben." Gedankenverloren legte Hans eine Hand auf seine Brusttasche, wo er das Foto immer aufbewahrte. „Ich will nur zu meinem Sohn, mehr nicht."

Julius tätschelte ihm das Knie.

„Wir werden das zusammen überstehen und dann wirst du mir sie vorstellen, einverstanden?"

Hans nickte. Endlich war der Krieg vorbei.

10. Dezember 1945

Nicht zu wissen, was mit Hans passiert war, machte Marie wahnsinnig vor Sorge. Der Krieg war jetzt schon einige Monate vorbei. Für Marie und ihre Mutter ging das Leben relativ normal weiter. Jetzt standen keine Gestapo-Wachleute mehr vor dem Laden, sondern Franzosen, aber diese waren freundlicher. Zum ersten Mal in ihrem Leben unterhielt sich Marie mit einem Schwarzen, der weder ungebildet war noch stank, so wie es in den Schriften der Weimarer Republik und der Nazis immer hieß. Im Gegenteil, mit ihrem sehr gebrochenen Französisch und seinem stetig besser werdenden Deutsch konnten sie schon bald über mehr reden als nur über ihren Namen. In welcher Welt galt das als ungebildet? Die Wachsoldaten waren auch so gut zu ihrem kleinen Hans, dass Marie sie einfach nur mögen konnte. Ab und an gaben sie ihm ein Stück Schokolade und Remy, ihr erster Wachsoldat, schenkte Hans sogar einen kleinen Teddybären. Zum ersten Mal seit Jahren fühlte sich Marie wieder frei und blickte zuversichtlich in die Zukunft. Wenn jetzt noch Hans heimkehrte, war ihr Glück perfekt.

Nach und nach waren in den letzten Wochen immer mehr Soldaten heimgekehrt und der Strom versiegte noch immer nicht. Niemand davon war Kriegsgefangener, diese würden noch länger in der Obhut der Siegerländer bleiben, erzählten die Heimkehrer. Deshalb versetzte es Marie zwar jedes Mal einen kleinen Stich, wenn sie jemanden heimkommen sah, aber sie hatte die Hoffnung noch nicht aufgegeben, dass irgendwann auch Hans heimkommen würde. Auch heute nach der Arbeit hatte sie sich wieder vorgenommen, nach einer Möglichkeit zu suchen, ihren Mann zu finden. Von Jacques, ihrem aktuellen Wachsoldaten, hatte sie von einer Aktion des Roten Kreuzes erfahren und sie konnte es kaum abwarten, den Laden zu schließen und sich erneut auf die Suche zu machen.

Als die letzte Kundin endlich den Laden verlassen hatte, schloss Marie mit einem tiefen Seufzer die Tür. Sie wusste, sie hätte dankbar sein sollen, dass sie weder Hunger noch an Geldmangel litt, aber gerade kam ihr die Arbeit nur noch lästig vor. Sie hatte wichtigeres im Kopf: Hans!
Eilig aktualisierte sie die Bücher und machte sich dann mit Hans junior auf den Weg zu Erich und Lisa. Sie hatten sich heute verabredet, um die Kinder miteinander spielen zu lassen und außerdem waren die beiden mittlerweile gute Ratgeber für Maries Sorgen geworden. Mit ihnen war die Wartezeit einfacher zu ertragen und Hans junior verstand sich ausgesprochen gut mit seinem großen Cousin und seiner jüngeren Cousine.

Lisa erwartete sie schon, und Hans stiefelte glücklich zu seiner Cousine und zu seinem Cousin, um mit ihnen zu spielen. Die beiden Frauen umarmten sich.
„Erich ist noch nicht aus der Stadt zurück, willst du noch einen Tee? Er müsste bald da sein."
„Ja, gerne", stimmte Marie zu und folgte Lisa ins Haus.
„Was gibt es Neues bei dir?", fragte Lisa, während sie Tee aufsetzte. „Kommst du noch immer klar mit den Franzosen?"
Marie setzte sich und nickte.
„Ich kann mich wirklich nicht beschweren. Bisher waren alle sehr nett und sie lieben Hans. Manchmal spielen sie sogar ein bisschen mit ihm und beschäftigen ihn, dafür bin ich sehr dankbar. Ich könnte das

gar nicht und Mutter hat es immer öfter im Kreuz, sie kann Hans auch nicht mehr so beschäftigen wie früher."

Erschrocken schlug Lisa die Hände vor den Mund, die Augen geweitet.

„Echt, du lässt diese französischen, schwarzen Barbaren an Hans? Hast du keine Angst, dass sie ihm etwas antun? Immerhin sind das unsere Besatzer."

Marie setzte zu einer Antwort an, schwieg dann aber. Ja, sie hatte anfangs auch Bedenken gehabt und Hans von ihnen ferngehalten. Als ein Wachmann Hans einmal ein Stück Schokolade gegeben hatte, war ihr das Herz kurz stehengeblieben, weil sie es nicht verhindern konnte. Wie oft hatte sie gehört, die Besatzer wollten ihre Kinder vergiften? Doch Hans lebte noch und er war munterer denn je. Vermutlich war es wie immer – die Horrormärchen waren allesamt gelogen und dienten nur dem Zweck, die Bevölkerung in eine Richtung zu lenken.

„Nein, ich habe keine Angst mehr davor", antwortete sie schließlich.

Die Geschichte von Hans und dem Stück Schokolade schockierte Lisa gleichermaßen und sie war noch immer skeptisch, aber sie hob nur die Schultern.

„Naja, vielleicht ist das wirklich nur eine Nachwirkung dieser Horrornachrichten von früher. Ich will mir da noch keine abschließende Meinung bilden", erklärte sie versöhnlich.

Bevor sie weiterreden konnte, fiel die Tür ins Schloss und sie hörten, wie Erich in die Stube rief.

Wenig später kam er in die Stube, die Haare noch zerzaust vom gehenden Herbstwind.

„Ach, Marie, du bist ja schon da. Bin ich so spät oder du so früh?", fragte er und küsste Lisa auf die Wange.

„Ich bin noch nicht so lange da. Ich würde sagen, es ist eine Mischung aus beidem", antwortete Marie lächelnd.

Erich nickte.

„Dann gehe ich noch kurz den Kindern hallo sagen und dann komme ich zu euch. Setzt mir schon mal einen Tee auf, ich friere fürchterlich."

Lisa goss ihm eine Tasse auf, die auch noch dampfte, als er wenige Minuten später wieder zu ihnen kam und sich an den Tisch setzte. Er trank einen Schluck Tee und schloss genießerisch die Augen.

„Ah, was für eine Wohltat! Der Wind bläst momentan einfach schrecklich, oder?"

Marie und Lisa tauschten einen Blick und Marie musste schmunzeln. Sie legte ihrem Bruder eine Hand auf den Unterarm.

„Ach, Erich. Vielleicht ziehst du das nächste Mal einfach einen Schal und eine Mütze an, dann macht der Wind dir auch nicht mehr so viel aus."

Erich schürzte die Lippen.

„Ja, Mutter, ist in Ordnung, aber was anderes. Gibt es was Neues bei dir?"

Marie schüttelte den Kopf und verneinte.

„Von Hans habe ich nichts gehört, sein Kamerad Paul konnte mir auch nicht weiterhelfen. Dem habe ich schon vor einer ganzen Weile geschrieben. Er hat Hans seit seinem Aufbruch nach Breslau nicht mehr gesehen, aber ich habe eine neue Idee, wie wir vielleicht an Informationen kommen könnten ..."

Erich und Lisa spitzten interessiert die Ohren.

„Was ist es? Erzähl!", forderte Lisa.

„Das Rote Kreuz hat einen Suchdienst eingerichtet. Ich werde ihnen schreiben. Die bekommen sicher mehr Einsicht in ausländische Akten. Vielleicht können sie Hans so finden. Jacques hat mir davon erzählt."

Erich nickte bestätigend.

166

„Davon habe ich auch gehört, das wollte ich dir schon längst vorschlagen. Tut mir leid. Hast du denn an seine Kameraden geschrieben?"

Marie schüttelte den Kopf.

„Bisher habe ich nur Paul geschrieben. Das ist der einzige Kamerad, von dem ich überhaupt die Adresse hatte. Ich habe ihn gebeten, mir mehr Adressen zu nennen, wenn er kann", berichtete Marie mit erstickter Stimme und Lisa legte ihr tröstlich eine Hand auf die Schulter.

„Hast du denn da schon eine Antwort bekommen? Der Brief an Paul ist nun schon eine Weile verschickt."

Marie schüttelte erneut den Kopf.

„Bisher noch nicht, nein, aber das kommt bestimmt noch. Paul wohnt mit seiner Familie etwas weiter weg, da kann es schon mal ein paar Tage dauern."

Erich musterte seine Schwester mitleidig und Marie wandte sich ab. Sie konnte auf seine Mitleidsbekundungen verzichten, die er so oft anbrachte, dass sie seinen Blick mittlerweile kannte. Lisa seufzte und lehnte sich vor, um sich zwischen die beiden zu drängen.

„Wie wäre es, wenn wir das Thema wechseln? Marie schreibt dem Roten Kreuz. Sie wird uns sicher sagen, wenn sie etwas Neues hört, und wir machen uns einen schönen Tag bei einem Spaziergang?", schlug sie vor und warf Erich einen warnenden Blick zu.

Die Geschwister stimmten zu, wonach Lisa erleichtert seufzte.

Als Marie von ihrem Besuch bei Erich und Lisa wieder nach Hause kam, empfing sie ihre Mutter in der Stube. Sie hatte gekocht und Maries Magen quittierte den leckeren Linsengeruch mit einem lauten

Knurren. Sie legte eine Hand auf den Bauch und begrüßte ihre Mutter mit einem Kuss auf die Wange.

„Du hast Hunger, was?", fragte ihre Mutter überflüssigerweise und stand schon auf, um Marie einen Teller zu füllen. „Gab es nichts zu Essen bei deinem Bruder?"

Marie seufzte und verdrehte die Augen. Seit ihre Mutter älter wurde, wurde sie zunehmend nörgelig. Am liebsten hatte sie an Erich und Lisa etwas auszusetzen.

„Wir waren spazieren, wir haben nicht zusammen gegessen", verteidigte Marie die beiden und nahm dankbar den Teller entgegen. Elsa wartete geduldig, bis Marie einen Teller leergegessen hatte.

„Übrigens kam ein Brief für dich, der Postbote war vorhin da", sagte sie dann und reichte ihr ein schon recht zerknittertes Kuvert.

Marie nahm es stirnrunzelnd entgegen und versuchte, es mit der flachen Hand zu glätten, vergeblich. Dennoch konnte sie entziffern, dass Paul der Absender war. Aufgeregt riss sie den Umschlag auf. Der Brief selbst war glücklicherweise noch unversehrt und leserlich.

Marie überflog den Brief und schwankte zwischen Freude darüber, dass Paul ihr geschrieben hatte und Enttäuschung darüber, dass er nichts weiter über Hans berichten konnte.

„Wer schreibt dir?", fragte Elsa neugierig.

„Paul, ein Kamerad von Hans. Seine Adresse war die Einzige, die ich überhaupt hatte. Deshalb habe ich ihn gefragt, ob er etwas von Hans weiß", erzählte Marie und legte das Papier seufzend auf den Küchentisch.

Elsa hob eine Augenbraue und beugte sich vor.

„Und?"

„Von Hans selbst weiß er leider nichts, aber er hat mir die Namen und Adressen von ein paar Kameraden gegeben. Ich werde mich gleich hinsetzen und ihnen auch einen Brief schreiben. Wenigstens bin ich ein bisschen weitergekommen."

Elsa seufzte und legte den Kopf schief.

„Ach, Marie. Meinst du, das bringt noch etwas? Hans kommt sicher von alleine, wenn er kommt. Du bist in Gedanken nur noch bei ihm ..."

Abrupt spritzte Marie auf und funkelte ihre Mutter an.

„Solange ich meine Dienste im Laden nicht vernachlässige, hast du mir da nichts zu sagen! Ich will Hans suchen, nicht für ihn, aber für mich. Ich werde verrückt, wenn ich nichts mache! Jeden Tag fragt mich mein Sohn, wo sein Papa ist, glaubst du, das lässt mich kalt?" Wutschnaubend rauschte sie in den Lagerraum, um sich ein paar Blätter Papier zu holen und dann in den Laden, wo sie Stift und Papier ausbreitete.

Elsa war die ganze Zeit sitzen geblieben und umklammerte ihr Wasserglas. Schließlich stand sie auf und ging vorsichtig in den Laden.

„Es tut mir leid, Marie. Ich weiß nicht, was gerade in mich gefahren ist. Eigentlich weiß ich doch, wie es ist, wenn man jemanden im Krieg vermisst. Mein Vater und mein Bruder waren im ersten Weltkrieg auch weg."

Marie hielt mitten im Schreiben inne, ihre Wut war bereits verraucht. Nur selten hatte ihre Mutter bisher über diese Erlebnisse gesprochen, über ihren verschollenen Vater schon gar nicht.

„Dein Vater ist gar nicht mehr wiedergekommen, stimmt's?", fragte Marie behutsam.

Elsa schüttelte den Kopf.

„Ich habe auch lange gehofft, aber in Frankreich sind damals so viele Männer gestorben. Letztendlich war ich einfach nur froh, dass dein Onkel wiedergekommen ist. Viele Menschen haben damals ein Familienmitglied verloren." Eine Träne stahl sich aus ihren Augen und Marie drückte sanft ihre Hand.

„Hast du damals nach Onkel Emil und Großvater gesucht?"

„Ja, aber nicht so intensiv. Damals gab es diese ganzen Möglichkeiten noch gar nicht. Kein Rotes Kreuz mit seinem Suchdienst und ich kannte niemanden, der mit ihnen gekämpft hatte. Ich habe es deshalb sehr schnell wieder aufgegeben." Elsa seufzte und ein Lächeln umspielte ihre Lippen. „Aber er ist trotzdem wiedergekommen, weißt du? Manchmal frage ich mich, ob es schneller gegangen wäre, wenn ich deine Möglichkeiten gehabt hätte ..."

Marie drückte ihre Mutter sanft.

„Tut mir leid, dass ich so aufbrausend war, Mama. Ich vergesse das manchmal, weißt du? Aber ich glaube, ich brauche das auch. Das gibt mir das Gefühl, irgendwas zu tun, damit ich Hans bald wieder habe. Vielleicht kommt er auch nicht wieder, auch das will ich wissen." Ein Kloß bildete sich in ihrem Hals und Marie verdrängte den Gedanken an einen eventuell toten Hans schnell wieder.

Elsa legte eine Hand auf Maries und streichelte sie sanft.

„Du hast so recht, mein Kind. Du hattest mit allem recht. Gerade schaffst du so viel: Kind, Arbeit und die Suche nach deinem Mann. Ich sollte stolz auf dich sein, nicht dich in Frage stellen. Ich muss mich bei dir entschuldigen für meine Gedankenlosigkeit."

Marie lächelte und umarmte ihre Mutter fest.

„Danke, Mama. Das tut gut."

Elsa drückte ihre Tochter ebenfalls, dann fasste sie sie an der Schulter.

„So, und jetzt gehe ich nach deinem Sohn schauen und du schreibst die Briefe an die Kameraden, einverstanden? Du wirst schon irgendwie erfahren, was mit Hans ist."

Marie nickte und Elsa ging aus dem Laden, um nach ihrem Enkel zu schauen. Inzwischen hatte sich Marie wieder auf die Briefe fixiert.

Drei Adressen hatte ihr Paul genannt und sie schrieb an alle drei einen ähnlichen Brief, in dem sie um Informationen oder sogar Bilder von Hans bat und von ihrem Sohn erzählte – ein bisschen Mitleid konnte nicht schaden.

Sie würde Hans finden, auf die eine oder andere Weise, dazu war sie fest entschlossen.

07. Juni 1946

Hans hatte keine Ahnung, wo er sich befand. Drei Mal hatte er das Transportmittel wechseln müssen, bis er schließlich mit seinen Mitgefangen in eine Halle gepfercht wurde. Hier war es fast so eng wie in den Bunkern Breslaus. Aber es stank mehr – es stank erbärmlich. Sie waren schon eine ganze Weile hier, aber wie lange genau, das konnte er nicht sagen. In der Halle gab es keine Fenster und nur zwei Türen, durch die zwei Mal am Tag Leute kamen und ein karges Mahl an alle verteilten. Tag und Nacht waren so kaum auseinanderzuhalten. Hans schlief, wenn er müde war und war froh, wenn er etwas zu Essen bekam. Hunger spürte er schon länger nicht mehr, stattdessen ein dauerhafter, dumpfer Schmerz in seinem ganzen Körper, den er bestmöglich ignorierte. Am besten ging es ihm, wenn er Schlaf finden konnte, da spürte er keine Schmerzen und keine Sehnsucht. Dabei dachte er oft an Marie und seinen Sohn. Wie alt er jetzt wohl schon war? Vielleicht war er schon eine Weile hier und sein Sohn konnte bereits laufen und sprechen, wenn er nach Hause kam. Obwohl er kraftlos war, zauberte ihm sein Sohn ein Lächeln ins Gesicht, wenn auch schwach.

Vor seinem inneren Auge manifestierte sich ein Bild von Marie, wie er sie kennengelernt hatte. Im gepunkteten, adretten Kleid an der Straßenbahnhaltestelle. Für Hans hätte sie auch in jedem Film mitspielen können, so hübsch fand er sie in diesem Augenblick. Ob sie wohl auf ihn wartete? Sie hatten nicht viel Zeit gemeinsam verbracht, gewiss, aber die wenige Zeit war schön gewesen und er hatte gesehen, wie sehr sie ihren gemeinsamen Sohn liebte. Sie würde gewiss auf ihn warten.

Der Gedanke an seine eigene kleine Familie gab ihm Kraft und er fühlte sich etwas besser, die Schmerzen ließen nach. Er wischte sich den Schweiß von der Stirn und schloss die Augen wieder. Ein Hustenanfall schüttelte ihn und er beugte sich zur Seite. Seit einiger Zeit hustete er Schleim und jeder Hustenreiz verursachte ihm schlimme Schmerzen. Die Sowjets um Hilfe zu bitten, war aussichtslos. Er war nicht der Erste mit diesen Symptomen und niemandem hatten sie bisher geholfen. Außerdem konnte er ihre Sprache nicht sprechen.

Aus Gewohnheit blieb sein Blick an dem hängen, was er ausgehustet hatte, und für einen Augenblick verharrte er in Schock. Zum ersten Mal war alles rot – tiefrot.

Vermutlich Blut, dachte er. Hans ließ sich auf den Rücken zurücksinken und starrte an die Decke. Sobald seine Mitgefangenen Blut gehustet hatten, hatte es nicht mehr lange bis zu ihrem Tod gedauert. War die Reihe jetzt auch an ihm? Dessen war sich Hans sicher.

Er holte das Bild aus seiner Brusttasche und betrachtete seinen kleinen Sohn, den er nun nicht mehr aufwachsen sehen würde. Mit Marie hatte sein Sohn die beste Mutter der Welt, ihm würde es gutgehen. Trotzdem schmerzte der Gedanke. Hans legte das Bild auf sein Herz und faltete seine Hände darüber. Wenn es wirklich so weit war, wollte er mit den letzten Gedanken bei Marie und ihrem Sohn sein, nicht in seinem Leid.

Eine Träne bahnte sich den Weg über Hans' eingefallene Wange.

07. September 1947

Marie sprach nicht gerne darüber, aber jedes Mal, wenn ein anderer Mann vom Krieg nach Hause kam, war der Wunsch, Hans zu sehen, übermächtig. Einigen Heimkehrern fehlte ein Arm oder ein Bein, manche hatten noch nicht gänzlich verheilte Wunden, aber allen war die Erleichterung ins Gesicht geschrieben.

Niemand der Heimkehrer konnte ihr etwas über Hans sagen, alle hatte sie gelöchert. Noch immer machten ihr Erich und vor allem Lisa Hoffnung, aber Maries Zuversicht schwand beinahe stündlich. Nur für ihren kleinen Hans war sie stark. Er zauberte ihr immer wieder ein Lächeln ins Gesicht. Nun schon zweieinhalb Jahre alt, tapste er öfter im Verkaufsraum umher und verzückte die Frauen, die Waren bei ihr einkauften.

Als ein Mann ihr Geschäft betrat, war sie umso überraschter. Er war hager und sein Gesicht eingefallen, und dennoch ... irgendwas kam ihr an ihm bekannt vor. Sollte das etwa ...?

„Hans?", hauchte Marie und ließ vor Schreck alles fallen, was sie gerade noch hatte verräumen wollen.

Der Mann kam herein, er lächelte.

„Nein, leider nicht", antwortete er mit heiserer Stimme. „Aber wenn du diesen Namen sagst, bist du Marie, nicht wahr? Und das ist der kleine Hans?" Er deutete auf Hans, der sich hinter einer Milchkanne versteckt hielt und den Fremden argwöhnisch musterte.

Marie runzelte die Stirn und überlegte schon, wie sie ihren Sohn schnellstmöglich zu sich holen konnte.

„Ja, aber woher weißt du das? Wer bist du?"

Der Mann machte einen Schritt auf sie zu und Marie lehnte sich instinktiv zur Seite, um sich zwischen Hans und den Fremden zu schieben.

„Mein Name ist Julius, Julius Schneider. Ich bin einer von Hans' Brüdern. Ich hoffe doch, er hat ab und zu mal von uns erzählt?"

Langsam nickte Marie. Daher kam also die Ähnlichkeit zu Hans! Oder war das nur Zufall? Log der Mann vielleicht sogar?

„Hat Hans denn auch von uns erzählt, oder woher kennst du meinen Namen?", fragte sie noch immer skeptisch.

„Hans hat viel von euch erzählt. In der Brusttasche hat er immer ein Foto von sich und seinem Sohn mit sich getragen, hat er euch das nicht erzählt?"

Marie schüttelte den Kopf, aber eine Woge der Zuneigung für ihren Mann überkam sie. Er war so vernarrt in seinen Sohn. Es war traumhaft gewesen, ihnen zuzuschauen. Vielleicht sprach der Mann tatsächlich die Wahrheit. Einen Versuch war es jedenfalls wert. Sie warf einen kurzen Blick auf die Uhr und seufzte.

„Möchtest du reinkommen? Ich kann Mutter fragen, ob sie die letzten zwei Stunden übernimmt. Ich nehme an, du hast viel zu erzählen?"

Julius nickte.

„Und ob. Danke für die Einladung."

Nachdem Marie ihrer Mutter Bescheid gesagt hatte, ging sie durch das Hoftor und nahm Hans auf den Arm.

„Komm, wir müssen durch das Hoftor nebenan in die Wohnräume. Das haben wir extra so gebaut", erklärte sie ihrem ... ja, ihrem Schwager. Sie wusste zwar, dass Hans Geschwister hatte, und sie hatten sich vorgenommen, nach dem Krieg alle kennen zu lernen, aber jetzt, ohne Hans, seine Geschwister zu sehen, fühlte sich unwirklich an für Marie. In der Stube setzte sie einen Tee auf und bot Julius einen Platz an. Ein paar Kekse hatte sie noch parat, davon gab sie einen Hans und leerte die restlichen in eine Glasschale, die sie auf den Tisch stellte.

„Wie kommt es, dass du uns gefunden hast?", fragte sie neugierig und setzte sich für einen Augenblick mit an den Tisch.

Julius schluckte den Keks hinunter und räusperte sich.

„Wenn ich ehrlich bin, war das gar nicht so einfach. Ich bin schon ein paar Tage hier, und musste mich durchfragen. Glücklicherweise sind die Leute in den aktuellen Zeiten etwas auskunftsfreudiger als sonst. Gott weiß, ob ich euch sonst überhaupt gefunden hätte."

„Einige dachten sicher auch, du wärst mein Mann im ersten Moment ..." Sie stockte und schluckte den Kloß in ihrem Hals hinunter. Das Pfeifen des Teekessels war eine willkommene Ablenkung. Marie stand auf und richtete zwei Tassen Tee.

„Das bleibt als Familie wohl nicht aus." Julius seufzte und schaute sich ein wenig um. Gewiss, sie waren nicht reich, aber sie hatten genug zu Essen, der Kleine war wohlgenährt, und Marie hatte einen stilsicheren Kleidergeschmack. Hans hatte wirklich ein gutes Händchen bei der Auswahl gehabt.

Marie stellte eine Tasse je vor sich und ihren Schwager, rührte sie aber nicht an.

„Kann ich dich ... ich meine, bleibst du hier eine Weile?", fragte sie erstickt.

Julius trank vorsichtig einen Schluck. Wie gut die warme Flüssigkeit tat!

„Ja, naja. Ich werde mir erst in ein paar Tagen Arbeit in der Heimat suchen, also ein paar Tage bleibe ich sicher hier."

Marie nickte, schwieg aber. Nachdenklich umklammerte sie ihre Teetasse, den Blick in die Ferne gerichtet. Jahrelang hatte sie auf die Möglichkeit gewartet, jemanden mit ihren Fragen löchern zu können und jetzt fühlte sich ihr Kopf an wie ein Sieb.

„Willst du denn nichts über Hans wissen?", fragte Julius schließlich und Marie zuckte zusammen.

Ihre Hände krampften sich noch stärker um die Tasse und sie blickte zu Julius auf. Ihr Blick war gehetzt und traurig.

„Doch ... natürlich ...", stotterte sie, ihr Mund fühlte sich seltsam trocken an. Sie trank einen Schluck Tee, um sich wieder zu fangen. „Ja, natürlich. Es ist nur ... weißt du etwas?"

„Nicht so viel, wie ich dir gerne erzählen würde." Julius seufzte. „Aber ein bisschen weiß ich. Ich erzähle dir alles, was ich weiß?"

Marie nickte und atmete tief durch, um dann ein leichtes Lächeln aufzusetzen.

„Ja, bitte. Das ist das erste Mal, dass ich überhaupt von Hans höre, seit dem letzten Brief."

„Wann ist der letzte Brief angekommen?", fragte Julius interessiert.

„Das war schon Anfang 1945, er hat ihn im Dezember 1944 geschrieben. Wir haben immer das Datum drauf geschrieben." Marie verlor sich und Julius tätschelte ihr mitfühlend die Hand.

„Da hat er auf jeden Fall noch eine Weile gelebt, wenn er es jetzt nicht auch noch tut", tröstete er seine Schwägerin.

„Habt ihr euch 1945 denn noch gesehen?", fragte Marie schwach.

„Ja, haben wir. Ich weiß nicht, wie viel Zeitung du liest. Hast du schon mal etwas von der Festung Breslau gehört?", fragte Julius zurück.

Zu seiner Überraschung nickte Marie.

„Davon stand ständig was in der Zeitung, natürlich habe ich davon gelesen. War Hans dort?"

Julius lächelte für einen kurzen Augenblick. Natürlich, Hans hatte eine gebildete und interessierte Frau. Was anderes hätte er von seinem Bruder auch nicht erwartet.

„Ja, wir haben uns dort getroffen, es war Zufall. Ich war schon länger in Breslau, Hans ist im Februar dazugekommen."

Marie sagte nichts, blickte Julius nur flehend an. Er kam ihrer stummen Bitte nach, auch ihm half es, das Ganze einfach auszusprechen.

„Vielleicht weißt du ja, die Schlacht war im Mai zu Ende, nur kurz vor der offiziellen Kapitulation. Wir kamen alle in ein Gefangenenlager, dort habe ich den Kontakt zu Hans verloren, aber er hat noch gelebt. Er wurde auch in ein Gefangenenlager gebracht. Danach weiß ich leider nichts mehr von ihm. Ich hatte ehrlich gesagt gehofft, ihn hier zu treffen, deshalb bin ich überhaupt hierhergekommen."

Enttäuscht und geknickt sackte Marie in sich zusammen und Julius tätschelte ihr unbeholfen die Schulter.

„Es tut mir leid, dass ich dir nicht mehr sagen kann, aber Hans kommt sicher bald nach Hause. Wir haben zu den letzten gehört, die freigelassen wurden. Vielleicht hat er einfach nur eine weitere Anreise als ich. Leider kann ich dir nicht sagen, wo sie ihn gefangen gehalten hatten. Bei mir war er jedenfalls nicht."

Er schob Marie ihre Teetasse vor die Nase, die sie aufnahm, um einen Schluck daraus zu trinken. Eine Träne bahnte sich elendig langsam den Weg über ihre Wange.

„Ich weiß nicht, wie lange ich das noch durchhalte", murmelte Marie und wischte sich die Tränen von den Wangen. „Mein Sohn fragt schon gar nicht mehr jeden Tag nach seinem Vater. Ich habe Angst, dass er ihn irgendwann ganz vergisst und um mich herum kommen alle Männer wieder nach Hause ..." Sie schluchzte und Julius griff nach ihrer Hand, um sie sanft zu drücken.

„Er wird bestimmt bald auftauchen, hab noch ein wenig Geduld. Hast du dich denn schon beim Suchdienst des Roten Kreuzes gemeldet? Ich habe gehört, die sind ziemlich zuverlässig."

Marie seufzte tief, um sich wieder zu fangen, und nickte. Sie griff nach einem Taschentuch und tupfte sich die Wangen trocken.

„Natürlich, aber bisher habe ich noch keine Meldung von dort erhalten. Sind sie wirklich so zuverlässig?"

Julius zuckte mit den Schultern, nickte aber.

„Ich denke schon, wieso sollten sie es nicht sein? Das habe ich jedenfalls öfter gehört. Du wirst bestimmt bald eine Nachricht von dort bekommen."

Eine Weile schwiegen die beiden und tranken ihren Tee. Marie war mit ihren Gedanken bei Hans und Julius merkte, wie weit weg seine Schwägerin gerade war. Er beneidete Hans um eine solche Frau, die sich ganz offensichtlich um ihn sorgte. Und das, obwohl sie sich eigentlich nie lange gesehen hatten.

„Julius, wo bleibst du denn die nächsten Tage? Oder wann gehst du wieder?", fragte Marie schließlich. Ihr fiel es sichtlich schwer, sich auf die Gegenwart zu konzentrieren.

„Ich wollte noch ein oder zwei Nächte bleiben. Ich muss zurück nach Hause in den Schwarzwald. Das werde ich heute wohl nicht mehr schaffen."

Marie nickte.

„Wir haben die Scheune über dem Schweinestall saubergemacht und eine Matratze hineingelegt, wenn du möchtest, kannst du die Tage bei uns schlafen, wenn es dir nichts ausmacht."

„Aber nein, das macht mir nichts aus! Vielen Dank für deine Gastfreundschaft." Julius lächelte, entspannte sich sichtlich und seufzte.

In diesem Moment kam der kleine Hans zu Marie und zupfte an ihrem Ärmel. Marie nahm ihren Sohn auf den Schoß, da er müde zu sein schien. Hans gähnte und rieb sich die Augen. Julius betrachtete seinen Neffen mit einem seligen Lächeln, was auch Marie nicht verborgen blieb.

„Wenn du möchtest, kannst du Hans hüten, solange ich morgen arbeite. Normalerweise ist er bei mir hinten im Laden, aber das ist keine Umgebung für ein Kind in seinem Alter."

Julius nickte begeistert.

„Er sieht aus wie unsere kleinen Brüder früher. Hans und ich waren die Ältesten, hat er dir das mal erzählt?"

„Er hat nicht so viel von seiner Familie erzählt", gab Marie zu, „aber ich wüsste gerne mehr."

„Dann leg doch Hans eben kurz ins Bett und wir machen noch eine Tasse Tee. Dann erzähle ich dir ein bisschen", schlug Julius vor und nickte zur Küche.

„Gute Idee", stimmte Marie zu und stand auf, um Hans in sein Bett zu legen.

Der Kleine murmelte vor sich hin und beobachtete Julius genau, bis er außerhalb seines Sichtfeldes war.

„Du interessierst dich für deinen Onkel, nicht?", fragte Marie amüsiert. „Ich werde ihn ganz schön ausquetschen, wenn du schläfst, damit ich dir später viel erzählen kann, mein Kleiner." Sie küsste Hans auf die Stirn und legte ihn in sein Bettchen, dann lehnte sie die Tür wieder an, damit es dunkler wurde. Nun war das Verhör von Julius an der Reihe, worauf sich Marie freute.

06. Juli 1948

Heute feierte Hans schon seinen vierten Geburtstag. Obwohl das ein schöner Tag war und das Wetter mitspielte, verspürte Marie einen kleinen Stich in ihrem Herzen. Julius und Paul hatten Hans jeweils ein kleines Päckchen zum Geburtstag geschickt und heute hatten sie den Laden früher geschlossen – freitagnachmittags kauften ohnehin nicht viele Leute bei ihnen ein.

Lisa und Erich mit ihren Kindern Erika und Josef hatten sich angekündigt und Marie konnte nicht umhin, sich dann doch darauf zu freuen. Nur einer fehlte: ihr großer Hans. Wehmütig bereitete sie den Geburtstagstisch vor, ein paar Kekse für die Gäste, bevor es den Kuchen gab. Elsa kam herein, sie hatte Hans auf dem Arm, der mit glänzenden Augen die Stube betrachtete.

„Gleich kommen deine Gäste, hörst du, Hans?", erklärte ihm seine Oma.

„Darf ich dann auch die Geschenke von Onkel Julius und Onkel Paul auspacken?", fragte der Kleine ungeduldig.

„Aber natürlich, mein Schatz. Du musstest jetzt lange drei Tage warten, heute ist es endlich soweit. Wenn alle Gäste da sind, darfst du auch ihre Geschenke auspacken."

„Juhu!", freute sich Hans und brachte damit seine Mutter und seine Oma zum Lachen.

„Komm, Hans, wir gehen nochmal zu den Hühnern, ja? Mama ist noch nicht ganz fertig, wir wollen sie nicht stören."

Hans zog einen Flunsch und wollte schon protestieren, aber Marie kam ihm zuvor.

„Wenn deine Gäste kommen, hole ich euch sofort, versprochen, aber jetzt geh mit Oma, damit ich noch schnell alles fertigmachen kann."

Hans ließ sich ohne Protest aus der Stube tragen und Marie atmete auf. Manchmal war es gar nicht so leicht, einen Vierjährigen alleine zu erziehen.

Sie hatte gerade den Tee aufgesetzt, als es klingelte. Waren das schon die Gäste? Eigentlich war es noch ein wenig früh ...

Gehetzt eilte Marie zum Hoftor und öffnete es. Ihr Briefträger lächelte sie an und reichte ihr einen Brief.

„Guten Morgen, Marie! Sie sehen gestresst aus!"

„Kindergeburtstag", keuchte sie und lächelte entschuldigend.

„Ach ja, das ist stressig und schön zugleich. Dann will ich dich gar nicht weiter stören. Bis morgen!" Er tippte sich an die Mütze und radelte weiter.

Marie ging ins Haus zurück und nahm sich einen Moment Zeit, um den Brief näher zu begutachten. Als sie den Stempel sah, erstarrte sie für einen Augenblick. Ein Brief vom Roten Kreuz! War das jetzt endlich die ersehnte Nachricht? Mit zittrigen Fingern öffnete sie den Brief und überflog den Inhalt. Tatsächlich war ihr Mann gefangengenommen, da hatte Julius also recht gehabt! Als sie weiterlas, erbleichte sie kurz. Ganz unten im Brief stand ein vermutetes Todesdatum!

Marie ließ sich auf einen Stuhl sinken und fasste sich an den Kopf. Hans war tot? Das konnte nicht sein! Warum ausgerechnet ihr Mann? Alle anderen waren heimgekommen! Tränen stiegen ihr in die Augen und sie schluchzte. Hände legten sich auf ihre Schultern und sie spürte den weichen Körper ihrer Mutter, an den sie gedrückt wurde.

„Was ist denn los, Marie?", fragte sie und streichelte ihr über die Haare. „Was ist passiert?"

Marie hörte, wie ihre Mutter den Brief in die Hand nahm und einen Moment schwieg.

„Ach du liebe Zeit", murmelte Elsa, dann drückte sie Marie wieder fest an sich. „Hör mal, vielleicht ist das nicht wahr. Sie schreiben doch selbst, dass es möglich sein kann, dass sie falsch liegen", versuchte Elsa ihre Tochter zu trösten.

„Und welchen Grund sollte es sonst haben, dass er noch immer nicht da ist?", fauchte Marie. „Der Krieg ist seit drei Jahren aus, wo soll er denn sein?" Ein kleiner, hässlicher Ball voller Zorn krampfte sich in ihrem Bauch zusammen und nährte sich von ihren Tränen. Es war nicht gerecht, dass ausgerechnet Hans nicht wiederkam!

„Vielleicht muss er erst gesund werden", schlug Elsa halbherzig vor. „Vielleicht liegt er irgendwo in einem deutschen Krankenhaus, seit er freigelassen wurde. Gib die Hoffnung nicht auf. Schon alleine nicht für deinen kleinen Hans."

Die Erwähnung ihres Sohnes holte Marie in die Realität zurück. Dennoch verdrückte sie Tränen.

„Das ist nicht gerecht! Warum ist ausgerechnet Hans gestorben, wenn das stimmt? In der Nachbarschaft sind alle Männer wieder heimgekommen, nur er nicht. So viel Zufall kann es doch gar nicht geben!"

Elsa zog Marie in eine feste Umarmung.

„Ich weiß, das Leben ist einfach ungerecht, aber vielleicht haben wir doch noch Glück und so lange fokussierst du dich einfach auf unseren kleinen Hans, ja? Wir müssen stark bleiben, mein Kind."

Marie atmete tief durch, dann erwiderte sie die Umarmung.

„Ja, du hast recht. Danke, Mama."

In diesem Moment kam Hans in die Stube.

„Oma, der Hahn zwickt!", beschwerte er sich und zeigte seinen blutigen Zeigefinger.

Sofort war Elsa bei ihm und begutachtete die Wunde.

„Ach Hans ... vielleicht hättest du auch auf mich hören sollen, als ich dir gesagt habe, dass du nicht mit den Hühnern spielen sollst, oder? Komm, wir halten das kurz unter kaltes Wasser, dann geht es wieder."

Hans trottete hinter seiner Oma her, was Marie die Gelegenheit gab, sich zu fassen. Sie straffte ihre Frisur neu, fuhr sich mit den Händen über die Augen und schlug sich leicht auf die Wangen, um wieder erholt zu wirken. Marie wagte einen kurzen Blick in den Spiegel, sie sah gestresst aus, aber die Tränen waren ihr nicht mehr anzusehen.

Wieder klingelte es und Marie eilte abermals zur Tür. Dieses Mal waren es Erich, Lisa und die Kinder, die sie zur Begrüßung alle umarmten.

„Du siehst nicht gerade entspannt aus", stellte Erich grinsend fest.

„Wer ist schon entspannt, wenn er einen Kindergeburtstag ausrichtet", gab Lisa ihrem Mann zurück und schüttelte den Kopf.

Marie geleitete die beiden in die Stube und sammelte noch schnell den Brief vom Tisch. Vielleicht würde sie nachher darüber reden, aber nicht vor Hans. Er sollte einen schönen vierten Geburtstag haben. Die Kinder spielten bereits miteinander. Hans hatte seine anderen Gäste total vergessen, aber niemand war böse auf ihn. Erich legte sein Geschenk zu den anderen und begrüßte seine Mutter.

„Wie geht es dir?", fragte Lisa inmitten des Trubels.

„Geburtstage auszurichten ist wirklich ziemlich stressig", antwortete Marie mit einem Grinsen und seufzte tief.

„Wir haben gestern Abend gebacken, damit wir heute den Laden noch aufmachen können, aber es ging irgendwie."

Lisa nickte verständnisvoll, sie kannte das mit ihren eigenen Kindern. Und dennoch ...

„Aber ist es wirklich nur das, Marie?", fragte sie, einer Intuition folgend.

Marie senkte für einen kurzen Moment den Blick.

„Bitte nicht jetzt, Lisa. Ich erzähle es euch später." Sie schob ihre Schwägerin in die Stube und machte sich dann daran, Hans seine Geschenke auspacken zu lassen.

Hans war reich beschenkt worden, er nannte nun unter anderem einen kleinen Steiff-Teddybären und ein kleines Metallauto sein Eigen, das schon fleißig seine Runden durch die Stube drehte. Die Erwachsenen hatten sich an den Tisch gesetzt und Marie hatte Tee und Kaffee ausgeschenkt sowie ihre Kuchenstücke verteilt. Wäre es nicht kurz nach einem Krieg gewesen, hätte man die Stimmung als normal betrachten können. Obwohl sie im Kreis ihrer Liebsten war, fiel es Marie schwer, ein Lächeln aufzusetzen. Noch immer steckten ihr die Worte des Briefes in den Knochen. Das bemerkte auch Erich direkt neben ihr, der sie besorgt musterte.

„Schwesterchen, du siehst nicht gut aus. Ist irgendwas passiert?", fragte er so leise, dass sie das Tischgespräch nicht störten.

Marie zögerte einen Augenblick und warf einen Blick zu den Kindern. Die waren vollkommen in ihr Spiel vertieft und ließen Hans' neues Auto schon die unzähligste Kreisbahn durch die Stube ziehen.

„Ich habe vorhin Post vom Roten Kreuz bekommen", flüsterte Marie zurück und bemühte sich, die Tränen zurückzuhalten."

Aber Erich musste die Tränen nicht sehen. Er griff unter dem Tisch nach Maries Hand und drückte sie sanft.

„Das heißt, du weißt, was mit Hans ist?", wisperte er und Marie deutete ein Nicken an.

„Wer weiß davon?"

„Nur Mama. Ich wollte es den Erwachsenen heute schon sagen, aber nicht, wenn Hans zuhört. Nicht an seinem Geburtstag, er soll heute einen schönen Tag haben."

„Natürlich, das soll er, aber vielleicht ..."

Elsa unterbrach ihre beiden Kinder, sodass Erich seinen Gedanken nicht mehr ausführen konnte.

„Was tuschelt ihr beiden denn da so verhalten? Dürfen das die Erwachsenen mal wieder nicht hören?"

Marie neigte entschuldigend den Kopf.

„Tut mir leid, das war unhöflich. Erich hat mich nur etwas gefragt, aber wenn jetzt alle zuhören und die Kinder beschäftigt sind ..." Marie warf noch einen letzten prüfenden Blick auf die Kinder, die noch immer in ihr Spiel vertieft waren. „Ich habe einen Brief vom Roten Kreuz erhalten", begann sie und Lisa schlug sich die Hände vor den Mund.

„Ich Stoffel! Das war es, was ich vorhin bemerkt habe und ich wäre niemals draufgekommen", schimpfte sie mit sich und Marie sank in sich zusammen.

Erich legte ihr einen Arm um die Schultern und stützte sie.

„Hans ist ... er ist ..." Marie konnte es kaum aussprechen, aber als die Kinder zu gucken begannen, schluckte sie den Kloß hinunter. „Hans ist gestorben, drüben im Gefangenenlager", erzählte sie leise und tupfte sich ihre tränennassen Wangen. Sie rang um Fassung, um sich nicht zu verraten, aber es fiel ihr schwer.

Kurzerhand stand Lisa auf.

„Du, Marie, ich bräuchte mal einen Augenblick frische Luft. Kannst du mich begleiten?", fragte sie und zwinkerte.

Marie nickte und kämpfte sich hinter Lisa aus dem ihr plötzlich viel zu stickig erscheinenden Haus.

Im Hof ging es ihr gleich viel besser, als Lisa sie umarmte und ihr über die Haare streichelte.

„Ach, du arme Marie", murmelte sie immer wieder und wiegte ihre Schwägerin sanft.

„Wie sicher sind denn die Angaben des Suchdiensts? Ich habe mich noch nie mit dem beschäftigt."

Marie zuckte mit den Schultern.

„Manche sagen, er ist total zuverlässig, andererseits habe ich schon Männer heimkommen sehen, die der Suchdienst für tot erklärt hat. Das waren wenige, aber trotzdem", sie schüttelte den Kopf und seufzte, „ich will mich lieber nicht an jede Hoffnung klammern. Ich muss nach vorne schauen, auch für meinen Sohn."

Lisa streichelte ihr über den Rücken und nickte.

„Du hast recht mit dem, was du sagst. Wir Frauen sind dazu da, jetzt nach vorne zu schauen. Die Männer haben im Krieg genug erlebt, aber du wirst es Hans irgendwann sagen, oder?"

„Natürlich! Hans fragt ohnehin schon alle paar Tage nach seinem Vater. Ich will es ihm nur heute nicht sagen. Er hat sich wahnsinnig auf den Geburtstag und auf seine Familie gefreut. Vielleicht morgen dann ..."

Lisa umarmte ihre Schwägerin und drückte sie fest.

„Wenn du irgendwie Hilfe brauchst, dann kommst du sofort zu uns, ja? Wir sind immer füreinander da. Wir sind doch Familie."

Marie gelang es, zu lächeln. Jetzt, wo sie es ausgesprochen hatte, fiel ihr alles leichter.

„Komm Lisa, wir gehen wieder rein. Die anderen wundern sich bestimmt schon."

Lisa nickte und wandte sich schon zum Gehen, als Marie sie noch einmal zurückhielt.

„Danke, Lisa. Danke für alles. Ich bin froh, dass ihr meine Familie seid."

Schon am nächsten Tag, während Hans mit seinem Teddy spielte und Marie ein Paar Socken flickte, fragte Hans ein weiteres Mal nach seinem Vater. Nachdenklich legte er den Teddy zur Seite und setzte sich zu seiner Mutter.

„Papa war gestern nicht da", stellte er fest und klang traurig dabei.

Marie brach das Herz, als sie Hans ansah. Sie legte die Näharbeiten zur Seite und seufzte.

„Ich weiß, mein Schatz. Ich bin sicher, er wäre gerne gekommen, aber er kann nicht ... nicht mehr." Sie zog Hans auf ihren Schoß und streichelte ihm durch die Haare. In dem kleinen Köpfchen rauchte es, das konnte sie förmlich sehen.

„Papa kann nicht mehr?", wiederholte Hans stirnrunzelnd.

Marie drückte ihn fest an sich.

„Ja, das kann er leider nicht mehr. Er ist jetzt oben im Himmel auf einer Wolke, weißt du? Dort passt er auf uns beide auf."

Hans schaute zur Decke und versuchte sicher, sich seinen Vater auf einer Wolke sitzend vorzustellen.

„Das heißt, er kommt nicht mehr heim?", fragte er schließlich mit piepsiger Stimme, Tränen in den Augen.

„Nein, mein Schatz, er kommt nicht mehr", bestätigte Marie und vergrub ihr Gesicht in Hans' Haarschopf. Auch ihr stiegen Tränen in die Augen, aber sie kämpfte sie nieder. Sie wollte stark sein.

„Wir haben Post gekriegt, vom Roten Kreuz. Ich hab' dir doch erzählt, ich habe sie gefragt, ob sie wissen, wo Papa ist. Jetzt haben sie uns geschrieben."

Hans zog einen Flunsch, die Augen waren noch immer tränennass.

„Aber das ist nicht gerecht!", beschwerte er sich trotzig und wischte sich die Tränen von den Wangen.

Marie drückte Hans noch fester an sich und streichelte ihm über die Haare.

„Nein, das ist es nicht, da hast du recht. Weißt du, vielleicht hat das Rote Kreuz auch nicht recht. Manchmal kommen Papas noch nach Hause, obwohl das Rote Kreuz sagt, dass sie es nicht mehr können, aber bis es soweit ist, halten wir beide zusammen, einverstanden?" Sie strahlte ihren Sohn an, so gut sie konnte, und glaubte sogar in diesem Moment selbst an ihre Worte.

„Auch mit Oma?", fragte Hans skeptisch.

Marie nickte.

„Auch mit Oma. Wir drei warten einfach darauf, dass Papa zurückkommt, und solange glauben wir, dass er uns von oben auf der Wolke beschützt. Einverstanden?"

Hans dachte einen Moment nach und legte den Kopf schief, dann nickte er.

„Ich habe dich lieb, Mama", sagte er und umarmte sie.

„Ich habe dich auch sehr lieb, mein Sohn."

ENDE

Verpassen Sie keine Neuerscheinung!

Tragen Sie sich in den Newsletter von *EK-2 Militär* ein, um über aktuelle Angebote und Neuerscheinungen informiert zu werden und an exklusiven Leser-Aktionen teilzunehmen.

Link zum Newsletter:
https://ek2-publishing.aweb.page

Über unsere Homepage:
www.ek2-publishing.com
Klick auf *Newsletter*

Oder via Google -> EK-2 Verlag

Book »Die Weltenkrieg Saga« von Tom Zola.

Deutsche Panzertechnik trifft außerirdischen Zorn in diesem fesselnden Action-Spektakel!

Entdecken Sie weitere berührende historische Geschichten!

Tirol im Mai 1945. Der Krieg ist aus. Gerd Lange ist fünfzehn Jahre alt und gerade aus einem Wehrertüchtigungslager geflohen. Er ist nun auf sich gestellt; seine Heimatstadt Essen liegt 700 Kilometer entfernt. Gerd weiß von den schweren Bombenangriffen auf das Ruhrgebiet, hat von seinen Eltern schon seit über einem Jahr nichts mehr gehört.

Doch was bleibt ihm anderes übrig, als einfach loszulaufen?

»Himmel, war das schön, als man hinausstürmte von der Schulbank in das Leben, in den Tod und Grauen, von Idealen zum Überlaufen voll! Und langsam, langsam gleich Lichtgöttern, die Angst vor der Finsternis haben, flohen die Ideale.«

Erleben Sie die bittere Kriegsrealität eines Soldaten, aber auch berührende und innige Augenblicke im Leben eines jungen Mannes, der seine Jugend im großen Weltenbrand verlor.

Ihre Zufriedenheit ist unser Ziel!

Liebe Leser, liebe Leserinnen,
hat Ihnen unser Buch gefallen? Haben Sie Anmerkungen für uns? Kritik? Bitte zögern Sie nicht, uns zu schreiben. Wir werden jede Nachricht persönlich lesen und beantworten.

Schreiben Sie uns: info@ek2-publishing.com
Wussten Sie schon, dass Sie uns dabei unterstützen können, deutsche Militärliteratur sichtbarer zu machen? Bitte nehmen Sie sich einen Moment Zeit und bewerten Sie dieses Buch online. Viele positive Rezensionen führen dazu, dass das Buch mehr Menschen angezeigt wird.

Sie können somit mit wenigen Minuten Zeitaufwand unserem kleinen Familienunternehmen einen großen Gefallen tun. Vielen Dank für Ihre Unterstützung!

Impressum

Eine Veröffentlichung der EK2-Publishing GmbH
Friedensstraße 12, 47228 Duisburg
Handelsregisternummer: HRB 30321
Geschäftsführerin: Monika Münstermann

E-Mail: info@ek2-publishing.com
Website: www.ek2-publishing.com

Autorin: Julia Nowak
Cover/Umschlag: Renee Rott
Lektorat: Cilia Prebežac/Heiko Piller
Buchsatz: Heiko Piller
Januar 2024

Druckhinweis:

Libri Plureos GmbH

Friedensallee 273

22763 Hamburg